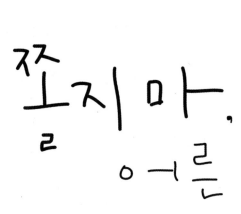

쫄지마,
ㄹ
어른

쫄지마, 어른

나이 든다고 달라지는 건 없어!

권미진·임은아 지음

혜화동

모르겠는 것투성이다. 저 사람은 왜 저러는지, 나는 어찌해야 하는지, 무엇이 더 나은 선택인지, 어떻게 살아야 하는지. 답 없는 질문이 자꾸 늘어갈수록 조급한 마음이 든다. "도대체 이게 맞아?"라는 질문이 늘 입에 붙어있다.

그간은 내가 아직 어리고 경험이 부족해서, 성숙하지 못해서 삶이 주는 여러 질문에 답을 찾지 못하는 것이라고 생각했다. 그리고 나보다 더 어른인 누군가 명확한 해답을 제시해 줄 수 있길 바라며 마냥 기다렸다. 그렇게 나 홀로 어른과 어른스러움에 대한 기대와 실망을 반복했다. 그러면서도 정작 나는 그런 부담스러운 역할은 절대 맡고 싶지 않다며 피터팬 증후군의 늪으로 빠져들어 갔다.

아무리 도망쳐도 시간은 흐르고 나이는 먹는다. 철딱서니 없는 스타일을 고수하고, 억지로 몇 살이라도 더 어린 동생들의 최신 트렌드를 학습한다고 해서 지연시킬 수 있는 게 아니었다. 몇 살부터 어른이라고 정의할 수 있는지는 모르겠지만, 일단 막 서른이 된 지금의 나에게는 답이 별로 없다. 여전히 질문만 넘쳐 날 뿐이다. 오히려 더욱 불어나기만 하는 기출 변형되는 질문들에 짓눌리며 그동안 만난 어른들을 떠올렸다. 스쳐 지나간, 아직 주변에 있는, 같이 사는 사람들.

어른이 되기로부터 열심히 도망치던 어느 날 이 책의 공동저자인 임은아 선배와 재회했다. 선배는 2015년 내가 인턴으로 처음 사회생활을 경험했던 공공기관의 전략기획 팀장이었다. 그때의 선배는 나와는 다른, 어디 먼 곳에 도달한 성숙한 어른 같았다. 그래서 그때의 나는 높아만 보이는 선배의 질문에 조금이라도 잘 보일 수 있는 옳은 답을 할 궁리만 했었다. 하지만 오랜만에 다시 만난 선배에게 이번에는 좀 모자라 보이더라도 많은 질문을 해야겠다는 생각이 들었다.

선배에게 날 짓누르고 있는 인생의 질문들을 마구 토로했다. "대체 적당한 때는 언제인가요? 그건 어떻게 알 수 있나요?", "제가 제대로 가고 있는 걸까요?", "나잇값을 하려면 어떻게 해야 하나요?", "불편한 부탁은 어떻게 거절해야 하나요?" 커피 얼음이 다 녹을 만큼 오랜 대화 끝에 알게 되었다. 명쾌한 정답을 갖고 있을 줄 알았던 선배도 지금까지 나와 비슷한 고민을 지속하고 있었다는 것이다.

산만하다는 소리를 듣는 나와 달리 차분하고 안정적이여 보였던 선배도 인생과 일에 대해 끊임없이 고민하고, 더 나은 어떤 것을 찾는 중이라는 것이 너무 신기했다. 엄청나게 멀게만 느껴졌던 선배와의 거리가 한결 가까워지는 것 같았다. 1993학 번인 선배와 1993년생인 나와의 간극이 대화를 지속할수록 공 감과 이해로 조금씩 메꿔졌다. '사람 사는 것 다 똑같구나, 인생 은 역시 의문투성이구나' 하는 생각으로 말이다. 적어도 내가 선배의 나이가 될 때까지, 어쩌면 평생 인생의 여러 문제를 관 찰하고 계속 고민해야 한다는 것을 깨닫자 어떤 용기가 샘솟았 다. 나만 이런 게 아니라면, 어차피 이런 거라면 제대로 해보자. 어쩌면 그 시작을 이 책으로 시작한 것일지도 모르겠다.

세대 간 공감이라고 표현하기에는 선배나 나나 각자의 세 대를 대표할 수는 없다. 둘 다 소위 나잇값이라고 불리는 궤도 를 벗어나 늘 더 재미있는 곳, 더 알아보고 싶은 곳을 향해 끊 임없이 헤매고 있기 때문이다. 세대와 상관없이 어른을 향해

가는 대부분의 사람 누구나 마음속에 품고 있을 보편적인 주
제어를 선정하고, 깊게 고민한 생각을 꺼내 두었다. 어떤 면에
서는 매우 비슷하기도, 또 엄청 다르기도 한 1993년생 사람과
1993학번 사람의 생각이 읽는 분들의 생각에 닿았으면 좋겠
다. 그래서 같은 생각은 더 깊어지고, 다른 생각은 더 넓은 생
각을 만드는 계기가 되기를 소망한다. 그렇게 깊고 커진 생각
들이 쫄지 않고 인생을 직면하는 힘이 되기를. 선배와 내가 나
눈 대화가 그러했듯.

후배 93년생 권미진

나잇값

욜로든 갓생이든 어떤 방식으로든 하루하루를 이겨내고 있는 친구들에게 나도 여기 같이 있다고 손을 흔들어 주고 싶다. 누가 뭐라고 하든 안녕!

누구나 그 나이는 처음이고 그 나이에서는 초보다. 매해 새로운 나이의 출발선에 선다. 서른 살도 처음이고 쉰 살도 처음이다.

눈 떠 보니 MZ

|

미
진

욜로의 몰락 _____

　PC방에서 온라인 게임을 하는 초등학생부터 방탄소년단
까지 '욜로'를 외친지 채 십 년도 되지 않았다. 그런데 이제 지
금의 MZ세대는 '갓생'을 살아야 한다고 한다. 불투명한 미래
를 위해 현재의 행복을 포기할 필요가 없다더니, 갑자기 미래
가 불투명하므로 현재를 희생해야 한다고 한다. 원인은 변하
지 않았는데, 대안은 정반대가 되었다. 어느 장단에 춤을 춰야
할지, 혼자 널을 뛰는 분홍신을 신은 느낌이다. 숨은 턱 끝까지
찼는데, 혼자 움직이는 구두에 이끌려 겨우겨우 달리는 느낌.
쫓아가기 벅차기만 하다.

　처음 욜로라는 말을 들은 것은 남동생을 통해서였다. 하루

에도 몇 시간씩 온라인 전투 게임을 하던 동생은 게임을 하다가 한 번씩 사악한 표정을 짓고는 "욜로!"라고 외쳤다. 그러고는 키보드와 마우스를 부술 듯이 두드렸다. 처음에는 동생이 지루한 유학 생활과 장시간 게임 플레이로 미쳐버린 줄만 알았다. 나중에 알고 보니 오로지 개인의 흥미와 호기심을 위해서 팀의 승리 전략에 반하는 행동을 할 때, '욜로'라고 하는 문화가 생겼다고 했다. 게임 내 세계관에서 승리하기 위해 약속한 경로를 벗어나 플레이어 개인이 마음 내키는 대로 행동하는 것이다. 게임에서 지든 말든. 게임 세상에서뿐만 아니라 고층 건물들 사이를 뛰어넘으며 파쿠르(Parkour)를 하는 청년들도, 갑자기 다니던 회사를 그만두고 여행을 떠나는 사람들도, 수많은 팝스타도 욜로를 외쳤다. 그리고 자신들의 욜로 모멘트들을 SNS 등에 전시했다.

Yolo는 'You Only Live Once'라는 문장의 앞 철자만 따온 말이다. 즉, '당신의 인생은 오직 한 번뿐이니, 원하는 대로 즐겨라'라는 뜻이다. 나를 포함하여 욜로의 낭만에 매료된 청년들은 불확실한 미래에 대한 대비와 타인을 위한 희생보다는 당장 나의 행복을 추구했다. 그로 인한 가장 큰 변화는 소비 트렌드이다. 개그맨 박명수가 언젠가 말했듯 어차피 '티끌 모아봤자 티끌'이기 때문에, 저축보다는 해외여행, 파인 다이닝 (fine-dining)이나 오마카세에서의 고급 식사, 소주보다는 와인과 위스키 등 당장의 누림을 위한 소비에 집중하기 시작했다. 이때만 해도 분명히 욜로가 힙한 것, 젊으니까 누릴 수 있는 특별한 것이었다.

충동적 삶과 힙합 _____

알아주는 욜로족이었던 나 역시 오늘의 행복을 위해 행동하는 것을 주저하지 않았다. 각기 다른 대학교를 두 번 자퇴하고, 26살이 되어서 다시 세 번째 대학의 입시 면접장에 들어갔다. 내 자기소개서를 한 번 힐끔, 글쓰기 답안지를 한 번 힐끔, 앞선 질문에 대답하던 중인 내 얼굴을 힐끔 번갈아 가면서 살펴보시던 교수님께서 한마디 던지셨다.

"인생을 좀 충동적으로 사는 것 같아요?"

교수님께서는 내가 이 학교도 충동적으로 지원한 것은 아닐지, 과거 이력처럼 다시 충동적으로 떠나버리지는 않을지 우려하셨다. 한 해에 10명밖에 뽑지 않는 작은 과였기 때문에 당연히 금방 떠날 사람을 뽑으려 하지는 않을 것이다. 서른 전에는 대졸 신분으로 있겠다는 목표가 있었기 때문에 나는 충동적인 사람이라기보다는 추진력이 있는 사람이라고 강력하게 방어했다. 그리고 '학교 캠퍼스의 느낌을 시나 랩 가사로 표현하시오' 라는 괴상한 문제에 대한 답변으로 면접관 교수님들 앞에서 신명 나게 랩을 했다. '힙합은 잘 모르지만, 라임과 자신감이면 충분하다고 생각합니다' 라고 너스레를 떨면서 말이다. 그리고 주어진 합격 목걸이. 다행히 학교는 합격했지만, 그 교수님께서 하신 질문이 마음속에 뾰족하게 남아 수시로 나를 괴롭혔다. 내가 그저 충동적으로만 사는 것인가? 이렇게 사는 게 멋이라고 할 때는 언제고?

갓생 이후 _____

그리고 얼마 지나지 않아 욜로족들을 머쓱하게 만드는 새로운 라이프 스타일 트렌드가 등장했다. 바로 '갓생' 이다. 갓생은 God과 生을 합친 신조어로 부지런하고 모범이 되는 삶을 말한다. 현재의 즐거움에 충실했던 욜로와 달리 갓생은 미래에 초점을 두고 있다. 더 나은 나, 최고의 상태인 나를 위해서 게으름을 지양하고 촘촘한 일과 계획을 통해서 생산적인 삶을 보내는 것을 추구하는 것이다. 비슷한 개념으로 생산적인 아침 시간을 보내는 미라클 모닝 챌린지(Miracle morning challenge), 한동안 해외에서는 평범한 내가 아닌 더 나은 버전의 내가 되기 위한 댓 걸 챌린지(THAT girl challenge)가 유행했다.

갓생에서는 계획적인 일과를 목표로 하므로 '루틴'과 '챌린지'가 중요하게 나타나는데, 보통 갓생의 루틴 구성은 이런 식이다. 1)새벽같이 일어나기, 2)침구 정리하기, 3)스킨케어, 4)산책과 명상, 5)건강한 식사, 6)공부와 자기 계발, 7) 운동… 그동안 엄마가 챙기면서 살라고 열심히 잔소리해도 무시했던 익숙한 것들이다. 이런 소소한 계획과 약속들을 습관화해서 매일매일 지키고, 작은 성취감을 누적하는 것이 갓생의 목표이다. 욜로가 SNS 인증 문화를 통해 확산했던 것처럼 갓생 역시 SNS의 인증과 챌린지 문화를 통해서 확산되었다. 유튜브에 갓생을 검색하면 대학생 갓생 루틴, 직장인 갓생 챌린지, 갓생 브이로그 등 수많은 관련 콘텐츠들을 찾아볼 수 있다. 보는 사람들에게 동기부여가 되고, 갓생 노하우를 나누겠다는 영상 콘텐츠가 그야말로 한가득하다. 이제 욜로에서 벗어나 갓생으로 넘어와야 한다고 나를 질질 끌어낸다.

욜로도 갓생도 양극단에 있지만 결국 원인은 불투명한 미래 때문에 발생한 현상이다. 10년 전만 해도 내 또래 세대가 N포 세대라며 취업, 결혼, 내 집 마련을 포기하는 세대라고 했었다. 또 베이비붐 세대의 부모를 두고 있는 에코붐 세대라고 불리기도 했다. 또 나는 MZ세대의 전신인 밀레니얼 세대에 포함되는데, 최근 출간된 한 책에서는 밀레니얼 세대를 '최고 학력을 쌓고, 제일 많이 일하지만, 가장 적게 버는 세대. 부모처럼 살기 싫지만, 부모만큼 되기도 어려운 세대'라고 정의했다. 뉴스에서는 취업난과 경제난에 관한 소식이 끊이지 않았고, 학창 시절부터 사회에 나와서까지 나보다 잘난 '엄친딸', '엄친아'들과 경쟁해야 했다.

그렇게 한껏 겁을 먹고 자랐는데 갑자기 MZ세대라며 통으로 묶여서 반짝반짝 시대의 주역인 대우를 받고, 이곳저곳에서 분석과 재단을 당하는 일이 생긴 것이다. 성공을 위해서는 조금은 낯설고 불편하더라도 MZ의 목소리를 들어야 한다며 말이다. 인류가 나타난 이래로 언제나 젊은 세대와 기성세대가 있었을 텐데 MZ세대의 탄생이 이렇게 요란할 일인가 싶을 정도로 정말 세상이 떠들썩했다. 시끌벅적한 와중에 욜로를 외치며 미래를 포기했다가, 다시 갓생을 외치며 재건하기를 반복하는 또래 동료들이 나는 애틋하기만 하다. 지독한 자기 연민이라 해도 어쩔 수 없다. 왜냐하면 젊음에 대해 동경이 가득한 세상에서, 젊은이의 고통은 연민의 대상이 아닌 전유물 같은 취급을 받기 때문이다. 아프니까 청춘이라면서 말이다.

이제 또 어떤 라이프 스타일 트렌드가 탄생할지, 어떤 모습으로 사는 게 유행이 될지 모르겠다. 하지만 다들 크게 연연하지 않았으면 좋겠다. 욜로의 세상에서 용감하지 못한 나에게 좌절하는 사람이 있었을 것이고, 갓생의 세상에서 시간을 쪼갤 수 없는 상황에 박탈감을 느끼는 사람이 있었을 것이다. 나 역시 그렇다. 가끔 친구들이 '하루를 이틀처럼 사는 법' 이런 영상을 보내주는데, 정말 숨이 턱 막힌다. 하루를 온전한 하루로 사는 것도 어려운데 이틀처럼 사는 방법이라니. 당연한 말이지만 삶의 방식에 있어 정답은 없다. 새로운 트렌드가 나타나면 쫓아가야 하는 거 아냐 하는 조급함이 당연히 생기겠지만, 깊숙이 들여다보면 역시 비슷한 이유로 탄생한 유행일 것이다. 그저 욜로든 갓생이든 어떤 방식으로든 하루하루를 이겨내고 있는 친구들에게 나도 여기 같이 있다고 손을 흔들어 주고 싶다. 누가 뭐라고 하든 안녕!

마흔이 훌쩍 넘었어도
처음은 처음입니다

은
아

나는 늙어가고 있다 _____

"얼굴에서 나이 먹은 태가 나기 시작한다. 너도 이제 늙었구나."

내가 밥 먹는 모습을 찬찬히 바라보시던 엄마가 한 마디 툭 던지셨다. 빈말 잘 못하고 느끼는 대로 거침없이 말하는 엄마의 화법에 방심하다 일격을 당했다. 부모 눈에는 자식 입에 음식이 들어가는 걸 보는 것만으로도 행복하다는 말이 있어서 당신 자식 밥 먹는 모습을 보는 게 저렇게 좋을까 생각했었는데 그게 다가 아니었다. 거리에서 호객하는 분들이 나보고 '어머님'이라 부를 때 호칭이 애매하니 무난하게 나름 고른 단어이겠거니 하고 상황을 넘기고 말았는데('어머님'이라거나 '아줌마'로 불리면 호칭을 쓴 당사자 앞에 가서 나는 어머님도 아니고 아줌마도 아니라고 정정해주고 왔지만, 매번 그렇게 신경을 곤두세우는 일이 피곤하기도 하고 별 소용없는 노력이라는 걸 깨닫고는 내버려 둔 지도 꽤 되었다) 하지만 이번에는 느낌이 전혀 달랐다. 그때가 마흔을 갓 넘겼을 때였는데 느닷없이 깨달았다. 나는 늙어가고 있었다.

특별한 노력을 기울이지 않아도 나이는 잘 먹어갔다. 그냥 스무 살이 되었고, 서른 살이 되었다. 생일 케이크에 초의 개수가 점점 늘어나도 감흥이 없었다. 아무 생각 없이 신나게 나이를 먹어갔다. 그러다 덜컥 더는 젊지도 않고 그렇다고 너무 늙지도 않은 애매한 마흔 살이 되었다. 아 마흔. 갑자기 '나이'가 의식되기 시작했다. 언젠가는 먹을 나이지만 이런 식으로 먹게 될 줄 몰랐다. 삼십 대까지의 삶은 흥미진진하고 그 뒤의 삶은 단조롭고 관성대로 살아지는 뻔한 삶일 거라 상상했는데 어느새 그 지루한 나이가 되어버렸다. 서른 몇 해의 나라면 엄마의 예상치 못한 발언에도 '일이 많아 피곤해서 그렇게 보이는 거야.'라고 심드렁하게 잘 받아넘겼을 거다. 그런데 무심코 던진 말인지 알면서도 심리적으로 쉽게 위축되었다. '나이'라는 관념의 수렁에 한 번 빠지기 시작하니 그 뒤로 무엇을 해도 '나이'가 신경 쓰였다.

어느 날인가는 거울을 보는데 생기발랄한 젊은이는 안 보이고 피곤하고 까칠해 보이는 중년 여성이 날 바라보고 있었다. '대체 거울 속 저 여자는 누구지?' 라는 생각이 들 정도로 낯선 모습이었다. 평소 거울을 잘 보지도 않았지만, 더 안 보게 되었다. 모든 것을 적나라하게 노출하는 형광등 조명 아래에는 웬만하면 서 있지 않게 되고 화장을 잘 안 하고 다니는 편이었는데 더는 민낯으로 다니면 만나는 사람에게 예의가 아닐 것 같았다. 이제는 나이에 걸맞게 처신해야 한다는 깨달음이 번쩍 들었다. 어떠한 치장을 하지 않아도 존재 자체로 아름답고 반짝이는 청춘이 아니었다. 세월을 흘려보낸 시간만큼의 나잇값을 치러야 하는 중년이 되었다.

나이에 '값'을 왜 매기나요? _____

나이면 그냥 나이지 나이에 값은 왜 매기는 건지 궁금해 사전을 찾아본다. '나잇값' 은 나이에 어울리는 말과 행동을 낮잡아 이를 때를 의미했다. 관용적으로 "제발 나잇값 좀 해라" 에서 등장하는 그 나잇값이다. 뜻풀이에 이미 '낮잡아' 라는 단어에서 짐작할 수 있듯 나잇값에는 특정 대상을 향한 불편하거나 비하하는 시선이 내포되어 있다. 대체로 청춘들의 나잇값에 대한 기대는 낮고 나잇값도 후한 편이다. 오히려 나잇값 하는 청춘이 있다면 어른스럽다며 칭찬의 대상이 된다. 반면 나잇값 못하는 중년이나 노년은 불편한 존재가 된다. 이때의 나이는 사전에서 정의한 사람이나 동·식물 따위가 세상에 나서 살아온 햇수인 '달력 나이'를 의미하지 않는다. '달력 나이'에서 나이는 가치 중립적이라 그저 숫자에 불과하지만 여기 나이에는 가치 판단이 담겨있다. 그 나이를 먹은 사람에게 기대하는 행동과 책임이 있는 '사회적인' 나이다. '사회적'이니 절대적이지 않고 상대적이다. 어떤 사회에 살고 있느냐에 따라 기대하는 바가 다르니, 사는 사회에서 원하는 맥락에 맞게 행동해야 한다는 전제가 깔려 있다. 한국 사회에 사는 나는 여기 이곳에 맞게 끼워서 맞추려는 노력을 의도적으로 기울여야 한다.

아직 중년을 맞이할 준비가 채 되지 않았는데 그 시기가 지나가고 있다는 게 믿을 수가 없었다. 아니 믿고 싶지 않았다. 내가 중년이라니. 달력 나이는 숫자에 불과해 얼마든지 먹어도 상관없었지만, 사회적인 나이는 정말이지 천천히 아주 천천히 먹고 싶었다. 안 먹을 수 있다면 안 먹고 다른 사람에게 기꺼이 언제든 던져줄 용의가 있다. 마흔이 넘어서는 생일이 가까워지면 더없이 우울하기 그지없었다. 나이는 그저 숫자에 불과하다고 위로해 보아도 울적한 마음이 드는 건 어쩔 수 없었다. 나이는 삶의 무게였고 감당해야 할 책임이었다. 이 나이가 되기까지 번듯하게 이룬 것도 하나 없는데 축하를 받고 있자니 부담스럽기도 했다. 생일 챙겨준다고 바쁜 시간 쪼개서 다 같이 모여서 생일 축하 노래를 부르고 덕담을 빌어주는 자리는 생각만 해도 어색하고 불편했다. 고마움을 표현해도 부족한데 감사해하기보다는 내 마음이 조금 불편했다고 축하해 주는 동료들을 잠시나마 원망하다니. 스스로 유난하고 못났다고 자책한다. 축하받아야 마땅한 날, 이 무슨 자책과 자학의 무한 루프인지.

각종 전문가와 미디어는 내가 태어난 해의 사람들을 X세대라 칭했다. 우리나라가 개발도상국 시절에 성장기를 보냈던 기성세대들이 이전에는 볼 수 없는 특이한 종족이 나타났다며 '파악하기 힘든 세대'라고 이름도 X세대로 부르던 시절이었다. 버릇없고 겁 없는 '청춘'의 표상이었던 X세대도 세월을 피해 갈 수 없었다. 급속한 경제발전으로 이전 세대보다 훨씬 풍요로운 유년 시절을 보냈지만 대학 졸업 즈음 IMF라는 전무후무한 사회경제적 위기와 불황의 터널을 통과하고 겪어냈다. 운좋게 취업에 성공했더니 이번에는 개인보다는 집단을 중시하는 꼰대 선배가 내 앞에 있었다. 경직된 조직 안에서 살아보겠다고 버텨보겠다고 몸과 마음을 맞춰나갔다. 꿰맞추니 맞춰지고 적응이 끝나 이제 좀 살만한가 했다. 하지만 엄청난 기술 진보와 급진적인 사회 변화에 어질어질해졌다. 이번에는 새롭다는 말로는 설명이 부족한 '다가가기 어렵고 종잡기 어려운' 전혀 새로운 세대들이 사회의 주역으로 등장하면서 중심에서 주변으로 떠밀려가는 중이다.

주인공 역할을 언제 제대로 한 적도 없는데 새 시대의 주인공들을 위해 무대를 내려와야 한다니. 중심을 내어주고 새로운 사회의 중심이 자리를 잘 잡을 수 있게 주변에서 나잇값을 해야 하는 시기를 맞았다. X세대인 우리에게만 벌어진 일은 아니다. 잘나가는 청춘이었던 기성세대인 586세대도 그리고 더 이전의 기성세대들도 사회의 주역이었다가 조연으로 역할이 바뀌어 왔다. 이 시대의 주역인 MZ세대도 언젠가는 맞게 될 상황이다. 언젠가는 무대에서 내려와야 하는 때가 온다. 젊음을 떠받드는 사회에서 아름다운 청춘의 시기를 보내다가 중심을 내어주는 건 이 사회가 굴러가는 데 필요한 질서다. 586세대 건 X세대 건 Y세대 건 뭐라고 불리든 간에 누구에게나 닥치는 과정이다. 서로에게 위로와 연민을 보내도 부족한데 각자의 영역을 침범만 말아 달라면서 소 닭 보듯 데면데면하게 지

낸다. 서로가 서로의 과거이자 현재이자 미래인데도 말이다. 존경받는 어른은 둘째 치고 꽉 막힌 사람으로는 보이고 싶지 않은 선배나 버릇없고 막무가내로 보이고 싶지 않은 후배나 둘 다 사는 게 힘든데 위로와 구원은 어디서 받을 수 있는 건지.

누구나 그 나이는 처음 ──────

　나이를 먹고 싶어 먹는 것도 아니고 세월이 흐를수록 신체와 정신의 노화가 심해지니 나이 먹는 당사자는 슬프다. 젊음은 싱그럽고 아름다운 것으로 숭상되는 사회에서 늙어가는 자신을 대면하는 건 애처롭다. 열심히 살았는데 인제 그만 내려와야 한다고 하니 서글프기까지 하다. 과학 기술의 진보로 수명은 늘어났지만 늘어난 삶은 풍요롭고 여유롭지 않다. 잉여의 삶이고 자투리 삶처럼 느껴지는 노년의 삶이 길어질 뿐이었다. 세월이 흐르는 만큼 저절로 성숙하고 완숙해지면 더할 나위 없을 것 같다. 하지만 누구나 그 나이는 처음이고 그 나이에서는 초보다. 매해 새로운 나이의 출발선에 선다. 서른 살도 처음이고 쉰 살도 처음이다. 나이 잘 먹는 법을 배운 적도 없다. 게다가 사회적 맥락에 따라 나이마다 기대하는 값이 다르니 수많은 기준 어디에 맞춰야 하는지도 알기가 어렵다. 지금 마흔 살이

마흔이 훌쩍 넘었어도 처음은 처음입니다

면 가져야 할 나잇값과 삼십 년 전에 마흔 살이 가져야 할 나잇
값은 다를 수밖에 없지 않겠는가 말이다.

사회가 기대하는 나이에 대한 중압감에서 가벼워지면 좋
겠다. 나이를 사회적 책무와 의무로 인식하는 순간부터 세월
의 무게는 삶의 무게가 되고 그때부터 나잇값을 가벼이 대하기
힘들다. 의무는 늘 무겁고 호시탐탐 내려놓고 싶다. 나잇값을
잘한다는 건 나이만큼 성취했다는 의미가 아니라 세월이 흐를
수록 인간에 대한 예의와 배려심이 깊어졌다고 이해되면 어떨
까? 나잇값 제대로 하는 사람들은 시간과 공간을 함께해 주는
사람들에 대한 연민과 예의가 있고, 선택에 책임지고 변명하지
않는 사람이다. 달력 나이가 많아져도 삶의 무게나 사회적 편
견이나 기대에 눌리지 않으면 좋겠다.

직장 선배에게 나보다 훨씬 연배가 있는 분들과 일하는 게
녹록지 않다고 어려움을 토로한 적 있다. 선배가 그저 "살살 다
뤄."라고 짧게 대답해 줘서 그때는 무슨 말인가 했다. 하지만
이제 알겠다. 무겁고 어려울수록 편안한 마음으로 마주하면 산
뜻하게 대상과 만날 수 있다는 의미였다. 매년 매번 낯선 나이
이지만 내 나잇값, 살포시 잘 대해야겠다.

관계 맺기

늘 너무 어려운 일이지만 오늘도 다짐한다. 인간 관계에 너무 애쓰지 말아야지. 쿨해야지.

사랑이 변한다고, 관계가 변해간다고 두려워 말자. 두려운 마음이 드는 건 욕심을 내서다. 다른 한편으로는 관계에 집착하기 시작했다는 뜻이다.

쿨, 쿨, 쿨

|
미
진

홀수의 비극 _____

　처음 경험한 관계의 비극은 홀수의 사람이 있을 때 시작되었다. 책이나 영화 속에 나오는 공평하게 끈끈한 삼총사는 없었다. 더는 보호자의 동행 없이 스스로 등교를 시작해야 했던 8살의 어느 날 깨달았다. 아파트 단지서부터 학교까지는 육교 하나를 건너야 했고 도보로 채 20분이 걸리지 않았다. 같은 단지에 사는 이제 이름도 기억나지 않는 친구 두 명과 총 셋이서 등교 메이트였는데, 셋이 나란히 팔짱을 끼고 똑같이 보폭을 맞춰 걷기란 쉽지 않은 일이었다. 다른 사람들의 통행을 방해하지 않아야 했고, 게다가 좁은 길을 만나기라도 하면 어쨌든 셋 중 하나는 팔짱을 풀고 둘의 뒤나 앞에 떨어져 걸어야 하는 경우가 많았다.

당시 그 한 명이 내가 되지 않으면 좋겠다는 생각을 했던 것이 스트레스의 첫 기억이다. 단 한 발자국 뒤에 떨어져 있을 뿐이었는데 마치 세상에 혼자 떨어진 것처럼 조급하고 두려운 마음이 생겼다. 왜 세상 의자들은 죄다 짝수로 붙어있을까. 학급에서 짝꿍을 정할 때도, 소풍을 가는 버스에서도, 놀이공원의 롤러코스터를 탈 때도 혹시나 옆자리가 비어있는 사람이 내가 될까 봐 노심초사했다. 이런 내 치사스러운 마음을 들킬까 봐, 그리고 타의로 혼자가 되는 순간이 올까 봐 먼저 쿨한 척 "나는 혼자여도 괜찮아!"라고 배려하는 흉내를 내었더니, '혼자여도 괜찮은 애'가 되는 것은 순식간이었다.

그렇게 옆자리가 비는 날이 하루 이틀 늘어나더니, 어느 날 덩그러니 혼자 남겨져 있었다. 게다가 같이 앉느니 차라리 혼자 앉고 말 '착한 척하는 재수 없는 애'가 되어 있었다. 하필이면 딱 그 시기에 할머니가 미용실에 끌고 가서 머리를 빠글빠글 볶아 놓아 뽀글이, 라면 머리, 양동근이라고 더욱 놀림 받기 좋은 상태가 되어 있었다. 학교에 가기 싫다고 몇 날 며칠을 엉엉 울었고, 깜짝 놀란 엄마 아빠는 이유를 말해보라고 했지만 말을 할 수 없었다. 초등학생에게는 '별다른 이유 없이 무리에서 배척되어서 억울하다'라는 본인도 이해하지 못한 상황에

대한 설명이 나오지 않았기 때문이다. 명확한 이유를 말하지
않으니 그냥 학교에 보내졌다.

왕따와 인싸 _____

'뽀글이'에서 '울보 뽀글이', 그리고 '착한 척하는 재수
없는 울보 뽀글이'까지 점점 별명의 수식어가 길어졌다. 스트
레스 때문에 헛구역질이라도 한 번 하면 '착한 척하는 재수 없
는 울보 더러운 뽀글이'가 되었다. 꼬리에 꼬리를 물 듯 만들어
진 길고 긴 별명이 혹 짧아지는 것 또한 순식간이었다. 어느 날
계속해서 나를 놀리던 남자아이의 식판을 뒤집어 버렸다. 그러
고는 바로 그때 그 시절 성격 걸걸한 여자아이라면 한 번쯤 가
져봤을 별명 '조폭 마누라'가 되었다. 마침 그때 '쪽팔려'라는
게임이 유행했는데 가위바위보 같은 간단한 내기를 하고 진 사
람에게 수치스러운 미션 수행을 요구하는 게임이었다. 수업 시
간에 벌떡 일어나서 "나는 조선의 국모다"를 외친다거나, 옆
반의 이성 친구에게 고백한다거나, 길에서 모르는 사람의 번호
를 따 온다거나 하는 등 말이다.

그리고 우리 반에서 유행했던 미션은 '조폭 마누라'인 나

에게 똘마니를 자청하며 "형님, 식사는 하셨습니까."라고 하면서 몸을 반으로 접어 인사하기였다. 지금 생각해 보면 별거 아닌 오히려 깜찍한 이런 짓을 어떤 꼬맹이가 신나게 고안해 냈을 것을 생각하니 기가 찬다. 억울하고 속상한 마음을 꾹꾹 참는 것에 지친 어느 날, 나에게 또 아침 문안 인사를 온 아이의 머리를 통통 두들기며 "응, 그래. 너는 밥 먹었니? 인사 참 잘하는구나!"라고 뻔뻔하게 응수했다. 순식간에 괴롭기만 하던 순간이 별거 아닌 재밌는 역할 놀이가 되었다.

내 대답에 '품' 하고 터져 나오는 웃음을 꾹 참던 친구들이 점점 깔깔 웃기 시작했고 내 주변으로 하나둘 모이기 시작했다. 날 소외시키던 친구들도 머쓱해 하면서 나에게 다가왔다. 그 친구들에게 사과를 받았던 그날 이후로 오늘까지 온전히 혼자였던 적이 별로 없다. 오히려 유쾌하고 침투력 좋은 사람이라고 평가받는 편이다. 그렇게 깨달았다. 사람들을 모으기 위해 중요한 것은 가짜 배려가 아니라 솔직함과 기세구나! 진짜 내 모습과 내 마음을 숨겨가면서 아등바등할 때보다, 훨씬 결과가 좋았고 우선은 내 마음이 편해졌다.

나 그리고 쿨 _____

　요즘 잠들기 전 배우 이청아의 유튜브를 종종 보다 잠이 든다. 그녀의 낮고 조곤조곤한 목소리와 여유롭고 느긋한 제스처가 늦은 밤 요란한 마음을 다스리는 데 도움이 되기 때문이다. 그중 한 영상에 목소리에 관한 이야기가 있다. 원래 평균 여성의 목소리보다 한참 낮은 목소리를 갖고 있던 그녀는 연기를 위해 억지로 높은 목소리를 내곤 했는데, "첼로로 바이올린 소리를 내려고 하니까 얼마나 목이 힘들겠냐."라는 조언을 들었다고 했다. 돌이켜 보니 내가 기억하는 과거 그녀의 목소리와 이미지는 분명 지금의 우아하고 여유로운 모습과는 달랐었다.

　그러고는 가장 자기 톤의 목소리를 찾는 방법을 알려주는데, '나'라고 말해보는 것이다. 사람이 '나'를 말할 때 가장 자기 톤의 목소리가 나온다고 한다. 그녀 역시 긴 침묵 후 '나'를 발음함으로써 오랜만에 아주 낮은 자신의 목소리를 마주했다고 했다. 그렇게 자신의 진짜 목소리를 찾고 난 후 연기를 했더니 더 많은 사랑을 받고, 연기도 편안해 보인다는 평가를 받는다는 이야기를 들려주었다. 나의 목소리를 만나기 위해 '나'를 불러봐야 한다는 게 너무 낭만적으로 느껴졌다. 그래서 나도 밤새 중얼거리다 잠들었다. 나, 나, 나…

　내가 깨달은 인간관계도 마찬가지다. 이곳저곳 소속을 옮겨 다니며 살다 보니 낯선 생각을 하는 낯선 사람을 만날 때가 많다. 학업을 오래 쉬다 한참 어린 나이의 동료와 학교를 다녔고, 반대로 일찍부터 일을 하면서 나이 많은 선배들을 만났다. 이렇게 나와 다른 세대, 다른 환경에서 다른 생각을 하고 자란 사람들, 특히 이들이 다수인 환경에서 소외되거나 기죽고 싶지 않을 때, 억지로 공감하고 이해하는 척을 하면서 동화되려고 했던 적도 있었다. 그보다는 차라리 무례하지 않은 선에서 이해하지 못한 것들에 대해 솔직하게 질문하고, 내 생각과 감정을 가감 없이 드러낼 때 훨씬 더 좋은 평가와 결과를 가져왔다.

　핵심은 가짜 목소리는 버리고 진짜 나를 중심에 두는 것이다. 사람들은 가짜를 생각보다 빨리 탐지한다. 아무래도 들킬까 봐 아등바등 한 가짜보다는 여유로운 진짜가 쿨하고 매력적으로 보일 것이다. 쿨한 척에 대한 집착을 버려야 쿨 해진다는 게 너무 쿨하지 않나? 이렇게 쿨함에 집착하는 나. 이미 쿨하지 못한 건가? 혹시 지금 나 또 스스로를 속이고 쿨한 척을 하는 건가? 진짜 내 마음은 뭐야. 다시 중얼중얼. 나, 나, 나… 타인과의 관계에 대해서 고민하다가 또 나에 대한 고민으로 돌아온다. 나는 누구인가, 대체 어떤 사람인가. 세상만사의 고민이 여기서 시작되고, 결국 여기로 돌아온다.

　뭐든지 부족하지도 않고, 넘치지도 않게 적당한 선을 유지하는 것이 너무 어렵다. 관계에서도 그렇다. 학창 시절부터 타인의 감정에 빠르게 동화되는 성격과 쉽게 발동되는 측은지심은 자꾸 자칫 선을 넘을 수도 있는 오지랖을 부리게 했다. 그걸 적당히 꾹 참고 조절해서 적당한 센스와 유머의 영역을 유지하는 데 에너지를 정말 많이 쓰게 된다. 또 이렇게 내 내면에서 작동하고 있는 어떤 노력들을 들키면 상대가 불편해할수 있으니 쿨하게 보이기 위한 에너지를 또 더하고… 타인을 배려하려다 혹시 내 본디 모습이나 신념에 져버리는 행동이나 말을 하고 있지는 않은지 자기검열도 한 번씩 해주고. 이 모든 과정이 내 진심에서 우러나온 것인지 또 습관적인 가짜 배려인지도 자신에게 계속 확인해야 한다. 진심이라면 까짓 거 못할 것도 없고, 가짜라면 나를 지키기 위해 당장 멈춰야 하니까 말이다.

늘 너무 어려운 일이지만 오늘도 다짐한다. 인간관계에 너무 애쓰지 말아야지. 쿨해야지. 내가 모든 일에 늘 꿈꾸는 '최소한의 노력, 최대한의 결과'가 인간관계에도 적용되면 좋겠다. 너무 버겁게 노력하지 않아도 적당한 거리에서 적당한 관계가 늘 내 곁에 공전하고 있길 바라면 너무 염치가 없는 것일까? 너무 가까워서 질척거리지 않고, 너무 멀어서 소외되는 기분을 느끼게 하지 않는 적당한 온기가 느껴지는 거리의 관계. 그런 관계가 넉넉하고 느슨하게 그렇지만 끊어지지 않을 만큼은 탄탄하고 유연하게. 그리고 기왕 자리 잡았다면 한결같이 그곳에 있었으면 좋겠다. 바라는 것도 많지. 뭐 안 되면 말고다, 쳇.

순정이 필요한 시간

은
아

내겐 너무 멋진 선배 _____

관계에 대해 말할 때 그 선배를 빼놓고서는 이야기가 안
된다. 주제를 놓고 이렇게 저렇게 궁리하고 글을 써보려고 해
도 좀처럼 진도를 못 나간 건 아무리 생각해 봐도 선배 이야기
를 끄집어내지 않으려고 발버둥을 쳐서다. 아직 채 서른이 되
기 전 선배를 처음 만났다. 다른 업계에서 일하다 문화예술 업
계로 들어온 첫해 선배를 알게 되었다. 직장에서 만나는 사람
과 친구로 지내기 쉽지 않은데 문화예술 업계에서는 돈 벌기
위해 하는 일과 좋아하는 취미가 비슷해 동료가 친구가 되는
경우가 흔했다. 회사에서 긴 시간을 함께 보내고 퇴근해서도
또 만나면 지겨울 법도 하지만, 문화예술이라는 공통 관심사로
이야기를 시작하면 대화가 끊이질 않았다.

선배는 동료 중에서도 가장 멋졌다. 그 멋짐이 과거 어느 한때만 머물러 있지 않았다. 현재도 미래도 선배는 멋질 거라 나는 확신했다. 공통점이 많아서인지 처음 만나는 순간부터 스스럼없이 반갑게 대해주었다. 상대가 호감이 있다는 건 관계 맺기의 긍정적인 신호, 즉 그린라이트(green light)가 켜졌다는 뜻이다. 선배는 명쾌했고 해박했다. 업무와 관련된 일부터 사적인 일까지 호기심 나는 이슈가 생기면 일단 선배에게 물었고 선배는 맥락을 짚어주고는 어떤 선택지가 예상되는지도 일러주었다. 일타강사 같은 선배는 내게 박하사탕 같았다. 대화하고 나면 답답한 속이 시원하게 내려가고 박하처럼 쏴 하게 속도 개운해졌다. 말끔하고 명쾌한 사람이었다. 대화가 이렇게까지 잘 통하고 즐거운 사람인 선배와 친하다는 게 심지어 자랑스럽기까지 했으니 말 다 했다.

멀어져 가는 그대 _____

선망하는 멋진 선배가 내게 관심과 애정이 있으니 관계는 급속도로 가까워졌고 우린 함께 자주 어울렸다. 여행도 가고, 일도 하고, 퇴근하고 나서도 오늘 일을 서로 복기하며 대화를 이어갔다. 하지만 영원할 것 같던 우리 사이는 어느 시점을 계기로 교류가 멈췄다. '단절'이라는 표현까지는 쓰고 싶지는 않지만 관계가 뚝 끊어져 버렸다. 관계가 느슨해지다 가까워지는 일은 흔해서 시간이 흐르고, 다시 소통하다 보면 관계가 유지될 줄 알았다. 하지만 영원할 것 같던 우리 사이는 데면데면한, 차라리 처음부터 전혀 모르는 사람보다 못한 사이가 되었다.

관계가 예전만 못하다 느껴지면 가장 먼저 하는 행동은 내가 상대방에게 무엇을 언짢게 했는가 살펴보는 자기반성이다. 아직은 현재 상황을 받아들일 수 없어서 그저 상대에게 다른 안 좋은 일이 생긴 건가 하며 상대의 안색을 조심히 살핀다. 대화를 시도해 보기도 한다. 대화라는 게 언어로만 하는 게 아니니 그저 둘이 마주 보고 앉아 표정을 살피거나 나란히 앉아 상대가 보내는 무언의 언어를 읽어내 진심이 무엇인지 찾으려고 애도 써본다. 오고 가는 말은 있지만 서로의 마음은 맞닿지 않는다. 계속 빗겨 나가고 의미 없는 말들만 공중에 뱅뱅 돌기를 수십 번 하고 나면 이제 그 무엇도 부질없는 행동임을 깨닫는다.

다음 차례는 억울함과 분노다. 아무리 그래도 그렇지, 우리 사이가 어떤 사이인데, 지내온 세월이 있는데 어떻게 이럴 수가 있을까 하고 상대를 원망한다. 밉다 밉다고 하면 더 미워지고. 멋진 척하면서 쿨하게 이별의 상태를 받아들여야지 하다가도 또다시 원망하기를 반복한다. 잦은 감정 기복으로 본인도 주변 사람도 지친다. 우울해하기도 한다. 일상생활을 슬기롭게 잘 지내다가 해소되지 못한 묵은 감정이 불쑥 올라와 무기력해지고 슬퍼진다. 복잡 미묘한 감정의 소용돌이 끝에 현재 우리 관계가 새로운 국면으로 접어들었다는 걸 받아들일 준비를 마친다.

하지만 너무 가까웠기에 감정이나 생각이 가다듬어지지 않는다. 쿨한 척하는 태도와는 다르게 마음이 또 흔들린다. 어느 날인가 일행들과 식사하는 자리에서 어디선가 낯익은 선배의 목소리가 들려왔다. 선배는 우리보다 먼저 일행과 자리해 있었고 우리가 바로 그 앞자리에 앉게 되었다. 선배는 나를 볼 수 없는 위치였지만 고개를 조금만 옆으로 돌려보면 선배의 익숙한 뒷모습이 보였다. 괜찮다고 생각했는데 익숙한 목소리가 들릴 때마다 마음이 철렁 내려앉았다. 신경이 온통 선배가 앉은 자리에 가 있었다. 좌불안석이었다. 선배가 있는 자리로 가서 인사를 반갑게 먼저 할 수도 있지만 여전히 무표정으로 나를 대하기라도 할까 봐 차마 다가서지 못한다. 아, 나는 여전히

인연의 끈을 놓지 못하고 선배와 함께한 즐거웠던 시절을 그리
워하고 있었다.

다 정리되었다고 생각했는데, 그렇게 대면하고 나면 제자
리걸음이다. 또 생각한다. 그때 왜 나는, 그때 선배는 왜 그랬
을까 하고 깊게 파고든다. 상대의 마음을 알 수 없으니 또 자책
한다. 다시 억울해하고 분노하다가 연민하다가 무기력해지다
가 이별을 받아들인다. 감정의 사이클이 반복되고 나면 저 아
래로 깊숙이 가라앉아서 잠잠해지다가 다시 수면 위로 올라오
고. 그러다 문득 깨달았다. 헝클어질 대로 헝클어진 감정을 이
대로 뒀다가는 트라우마가 생길 수도 있다. 이제 흘려보내자
고. 선배와 나는 그 시절, 그 순간 좋아서 함께 했을 뿐이고 우
리는 이제 생각이 다르고 마음도 달라졌을 뿐이었다. 내가 잘
못해서, 혹은 선배가 잘 못해서 벌어진 일이 아니었다. 자신도
어쩌지 못한 당혹스러운 순간들이 있고 그 옆에 서로가 나란히
있었을 뿐이었다. 이쯤 되면 선배를 그리워한 건지, 끈끈한 사
이를 집착한 건지 헷갈릴 지경이다.

혼자서 안달복달 _____

선배도 나의 잘못도 아니라는 걸 받아들이는 데 이렇게 오래 걸리게 될지 몰랐다. 우리가 처한 상황이 문제였다. 나무에 바람이 세차게 불어 나뭇잎과 가지가 흔들린다고 나무를 나무랄 게 아니었다. 바람이 하필 그 시점의 나뭇가지에 불어 나뭇가지가 흔들릴 뿐이었다. 나무는 문제가 없었다. 바람도 잘못 없었다. 그저 바람이 불면 바람 부는구나 하고, 비가 오면 비가 내리는구나 하고 그럴 수 있지, 그렇구나, 그렇게 하고 상황 자체를 찬찬히 바라보면 될 뿐이었다. 나를 몰아세우면 안 되는 거였는데, 나를 벼랑 끝으로 몰아세우고 있었다. 관계에서 주인은 나였는데, 다른 사람에 그리고 상황에 휘둘리게 놔두고 있었다.

들인 시간과 노력이 얼마인데, 사람은 저 멀리 떠나가고 있고 나의 자아는 점점 작아지고 있다. 이렇게 가성비 떨어지는 일도 없었다. 가성비를 따지는 태도로 시간이든 돈이든 노력이든 무엇이든 투입한 만큼 혹은 그 이상으로 돌려받는 계산법을 장착하고 있으면 편하고 쉬웠다. 가성비 중심으로 사고하는 게 일상화된 내게 사람과의 관계는 가성비로는 답이 잘 안 나왔다. 대충 이 정도 투자했으면 관계가 어느 정도는 공고해질 거라는 가늠이 될 법도 한데, 관계는 늘 미궁이고 계산대로 계획대로 되질 않았다. 인연이 바라던 대로 맺어지지 않을 때면 이럴 줄 알았으면 시작도 말 걸 하는 후회가 들었다. 마음 불편한 일이 안 생기게 뜨겁게 지내지 말고 무덤덤하고 데면데면하게 적당히 지내고 말 걸 하는 마음도 있었다.

본전 생각난다고 다시 어떻게 이어보겠다고 인연이 다시 이어지는 것도 아니니 답답하고 미칠 노릇이다. 서툴고 어렸던 나는 본전 생각을 자주 해서 마음에 안 들면, 관계가 귀찮아지면, 내 마음을 조금이라도 어수선하게 만들면 관계를 싹둑싹둑 끊어냈다. 상대는 모르게 속으로 정리했다가 잘해준다 싶으면 다시 이어 붙이고, 그러다 서운하면 끊어내고. 혼자서 북 치고 장구 치고, 마음이 자주 부산스러웠다. 수많은 인연의 엇갈림 뒤에 이제는 안다. 문제는 가성비가 아니었다. 애초 문제에 잘못 접근했다. 관계는 인풋 대비 아웃풋, 즉 가성비를 따질 게 아니라 함께 하는 과정에 집중하고 몰입하면 그걸로 충분했다.

'가성비'라는 말에는 조금의 낭비나 비효율이 나타나서는 안 되고 쓸데없이 시간을 끌어서도 안 된다는 의미가 들어

있다. 하지만 관계라는 게 구체적인 결과물을 내야 하는 사업이 아니고, 눈에 보이지 않게 마음을 주고받는 과정일 뿐이다. 회사에서나 적용해야 하는 '효율'이라는 기준을 들이대는 자체가 말이 안 된다. 일할 때야 다들 귀한 시간을 내서 참여했으니 불필요하게 쓸데없는 말을 많이 하는 건 실례다. 하지만 사적으로 좋아하는 사람들과 만났을 때 진지하게 이야기하는 것도 좋지만 어디로 흘러가는지 모르게 헛소리 지껄이면서 유쾌하게 웃고 떠드는 여분의 시간을 보내는 것만큼 즐거울 때도 없다. 일상에서는 느슨하고 게을러져도 되는데 뭐 그리 바쁘게 안달복달하며 빈틈없이 살려고 노력하는지 모르겠다.

미련 없이 안녕 _____

건강한 관계란 순정을 바쳐 인연을 맺고 서로에게 은연중에 남겼을 마음의 자국을 각자의 삶에 잘 녹여서 살아가는 사이인 것 같다. 사람은 사람을 만나서 깨달아 가고 성숙해간다. 인연에 대한 무게감을 덜고 나니 마음이 가볍다. 이 사람과 보내는 시간의 흔적이 어떻게 남겨져 어떤 무늬로 그려질지 찬찬히 기다리고 살피면 된다. 관계의 모습이 변할 때가 되면 다 그만한 상황과 이유가 있다. 관계라는 게 끊어지고 정리되는 것이 아니라 다른 형태의 관계 맺기로 계속 이어질 뿐이다. 만날 때가 되면 이어지고 인연이 지나갈 때가 되면 스쳐 가고.

　가는 인연, 오는 인연, 다 소중하다. 떨어졌다가 다시 만날 인연이 되면 반가운 마음으로 맞으면 된다. 사랑이 변한다고, 관계가 변해간다고 두려워 말자. 두려운 마음이 드는 건 욕심을 내서다. 다른 한편으로는 관계에 집착하기 시작했다는 뜻이다. 가성비 따지지 말고 우리 사이에 한껏 순수하게 집중해 마음을 다하고 관계가 변해가는 과정을 지켜보자. 인연을 있는 그대로 두고 볼 줄 알게 되면 더 이상 자신을 자책하지도 다른 사람을 탓하지도 않게 된다. 사이에서 깜냥과 여유를 찾는 연습을 할 뿐이다. 진지하지만 사뿐한 마음으로 선배를 다른 인연으로 반갑게 맞을 준비를 드디어 마쳤다. 순정을 다했으니 그걸로 되었다.

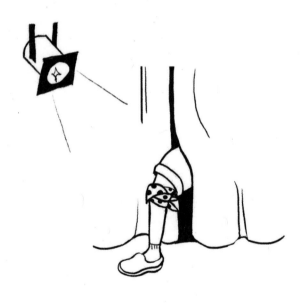

자기표현

뽐내지 않고 폼나는 사람이고 싶다. 그 누가 뭐라 해도 나는 흔들리지 않고 부끄럽지 않은 단단한 무언가를 어서 발견하고 싶다.

타인의 시선을 넘어 나 스스로 한계 짓고 규정짓는 일을 멈춰야 내가 자유로울 수 있고 더 멀리 날 수 있다. 어쨌거나 누구도 아닌 내가 내 인생을 사는 거니까. 연습만이 살길이다. 인생에서 거저 주어지는 건 없다.

나를 게임 캐릭터처럼
만드는 일

미
진

셀프 브랜딩의 시대 _____

지금까지 내가 한 일은 그래픽 디자인, 공연기획, 그리고 지금은 디지털 마케팅 대행사 신입사원으로 모두 소위 먹히는 것을 발 빠르게 만들어 내거나, 이미 시장에 있는 것을 탐스럽게 만들어야 하는 일이었다. 하지만 타인의 평가를 싫어하는 나에게는 너무 괴로운 일들이다. 가장 많이 해 온 일임에도 여전히 제일 어려워서 도망치고 싶은 일. 타인의 시선으로부터 늘 도망칠 궁리를 하는 나에게 닥친 청천벽력의 소식, 셀프 브랜딩의 시대가 왔다. 이제 특정 직업인이 아니어도 누구나 스스로를 브랜딩 해야 하는 세상이 와버린 것이다. 등산을 좋아해서가 아니라 건실한 사람으로 보이기 위해 주말 등산을 하고 블로그를 운영한다는 사람의 이야기를 들었을 때, 그리고 그런 사람들이 주변에 꽤 많다는 이야기를 들었을 때 진짜 위기감을 느꼈다. 남들이 내 능력을 어련히 알아주길 기다렸다가는 도태될 수도 있다는 위기감. 그러고 나서 셀프 브랜딩을 목적으로 만들어지고 있는 수많은 콘텐츠가 눈에 들어왔다. 연재 블로그, 브이로그, 개인 발송 뉴스레터, SNS 등등…

셀프 브랜딩 자체가 나에게 엄청나게 새로운 개념은 아니다. 표현이 좀 다르긴 하지만, 내가 아주아주 어린아이였을 때부터 엄마는 '자기 PR'이 중요한 세상이 올 것이라고 여러 번 말해주었다. 그걸 대체 어떻게 하는 건지는 알려주지 않고, 겸손의 미덕과 다수에 숨어있을 때의 안정감을 동시에 가르쳤다는 문제가 있긴 하지만. 그리고 약 10여 년 전 디자인 스쿨에 들어가겠다고 포트폴리오를 준비할 때 나를 나타내는 로고 디자인을 준비했던 적이 있다. 그뿐인가. 내가 살면서 쓰고 말한 수많은 자기소개들, 나를 한 단어, 동물, 사물로 묘사한다면 무엇이라고 생각하는지 묻는 뻔한 질문에 대한 답변. 모두 셀프 브랜딩의 한 꼭지라고 볼 수 있다. 다만 그때는 면접이나 오디션 같은 기회의 순간을 위해 준비한 것이라면, 요즘의 셀프 브랜딩은 기회를 기다리는 것이 아닌 스스로 만들어내기 위해 늘 나의 본질을 찾고, 브랜드화하고 있어야 한다는 것이 핵심인 듯하다.

여기저기서 셀프 브랜딩에 관한 강의가 열리고, 책이 나오고, 브랜딩에 성공한 인플루언서들이 우후죽순 탄생하고 있다. 가까운 지인 중에서도 SNS나 이메일 뉴스레터 등을 활용해 자신의 이미지를 구축하고, 사업이 번창하고 있는 사례가 꽤 된다. 심지어 요즘에는 셀프 브랜딩 전문 컨설팅 및 디자인 업체까지 있다고 한다. 위기감을 느끼는 나 같은 청년들을 대상으로 하는 셀프 브랜딩 워크숍에 참여해 본 적이 있는데, 아무래도 나를 브랜드화한다는 것이 민망하고 부끄러워서 소극적으로 참여했던 아쉬운 기억이 있다. 반면 다른 참여자들에게서는 진짜 브랜드 마케터들에게서 볼 수 있는 치열함과 절실함 같은 것이 느껴졌다. 당시 워크숍 참여자들처럼 특히 내 또래 친구들이 셀프 브랜딩에 목숨 거는 이유는 이제 막 사회에 내던져졌기 때문일 것이다. 사람들의 시선과 관심에 선택받아야 하는 것이 왜 재가 아니라 나여야 하는지를 전략적으로 보여주는 게 브랜딩이니까 말이다.

내가 재학 중인 학교에 들어오고 싶어 하는 한 입시생의 면접 준비를 도와준 적이 있다. 모의 면접을 시작했는데 바들바들 떨고만 있던 이 친구가 갑자기 자신이 어떤 능력이 있고, 얼마나 준비된 사람이며, 왜 이 학교에 와야만 하는지, 어떤 삶을 살았고, 어떤 것이 동기가 되어 여기까지 흘러오게 되었는지를 마구 쏟아내다 왈칵 울어버리는 것이 아닌가. 그 절박함이 느껴져 나까지 눈물이 나는 바람에 결국 손을 맞잡고 엉엉 울어버렸지만, 안타깝게도 그 친구의 말은 하나도 기억에 남지 않았다. 한참 흐르던 눈물도 차게 말랐다. "우리 대책이 필요하지 않겠니?" 하고 그 친구가 마구잡이로 쏟아 낸 여러 이야기 중 키워드를 발견해 맥락을 만드는 작업을 도와주었다. 그리고 그 순간 느껴진 어떤 기시감. 이거 내가 셀프 브랜딩 워크숍에서 배운 작업이잖아?

내 안에는 내가 너무나 많다. 타인에게 나라는 사람을 완벽히 이해시키려면 내 30년 인생에 있었던 사건과 선택들을 앞혀 놓고 밤새도록 들려줘도 모자랄 텐데, 보통은 그럴 시간이 없다. 사람들은 남의 이야기에 생각보다 그렇게 오래 귀를 기울이지 않는다. 그리고 인생은 잘 짜인 소설과는 좀 달라서, 한 줄기로 이어지는 맥락을 찾기 어렵다. 내 인생은 논리적으로 납득 가능한 선택으로만 이뤄지지 않았기 때문이다. 어쩌다 내 전부를 알게 되더라도 의아함투성이일 것이다. 나를 낳아준 부모님도, 가장 친하다고 생각하는 친구들도 늘 하는 말이 "쟤는 도대체 왜 저래?"인데, 나를 잘 모르는 타인에게 나의 여러 가지 모습을 어떻게 전부 이해시킬 수 있겠는가?

　　그러면 내 안의 수많은 나 중, 어떤 내 모습을 골라서 보여줄 것인지를 선택해야 한다. 고로 내가 이해한 셀프 브랜딩이란 제한된 아이템 슬롯이 있는 게임 캐릭터 '나'에게 그간 열심히 수집한 아이템 중 가장 적절한 것을 장착시키는 것과 같다. 그리고 사람들의 마음이 동하는 서사를 부여하는 것이다. 적절한 때, 적절한 조합의 아이템을 내 본체와 상황에 맞게 잘 장착해야 한다. 좋아 보이는 아이템을 한 번에 전부 장착하면 내구도가 동시에 떨어지거나, 오히려 기동력이 떨어지거나 하는 한계가 생긴다. 서사도 과하면 부담스럽다. 어떤 사람이 하는 말과 행동이 허풍이라고 느껴지고, 실제 그 인물과 괴리가 느껴지는 민망한 상황이 그런 것 아닐까. 뚝딱거리는 뱁새가 되느니 차라리 벌거벗고 맨몸으로 열심히 뛰느니만 못할 수 있는 것이다. 또한 RPG 게임류를 좀 해본 사람이라면 알겠지만, 보통은 아이템마다 장착 가능 레벨이 있다. 당연히 좋은 아이템일수록 내 캐릭터의 레벨이 높아야 장착할 수 있다. 결국 아이템을 수집해서 나를 꾸미는 것만큼 실제 내 능력치도 꾸준히 올려야 하는 이유기도 하다.

아는 것과 하는 것 _____

이렇게 게임과 셀프 브랜딩이라는 적절한 비유를 깨달은 나는 신이 나서 주변에 열심히 설파하고 다녔다. "내가 이해한 셀프 브랜딩은 나를 게임 캐릭터화하는 거야" 하면서 말이다. 그럼 돌아오는 답변은 비슷했다. "그러면 너는 왜 안 해? 할 수 있잖아!" 퍼스널 브랜딩의 개념과 필요도 이해하고 있고, 콘텐츠를 만들 수 있는 여러 툴을 쉽게 사용할 수 있으면서 대체 왜 안 하느냐는 것이다. "주정뱅이니까 종로구/중구 바 후기 지도를 만드는 건 어때, 다정하고 고민을 잘 들어주니까 소통 방송은 어때, 뜬금없는 농담을 잘 하니까 그걸 묶어서 시시콜콜한 만화를 만들면 어때, 소비를 많이 하니까 쓸데없는 물건들 리뷰를 하면 어때." 오히려 주변 친구들이 나를 분석하고 콘텐츠 아이디어를 막 던져줬는데, 한 번도 제대로 진행한 적이 없다. 그리고 친구들이 제안 준 것을 실제로 실행해서 성공하고 있는 사람들을 멍하니 지켜만 보다가 시간은 흘러갔다. 제대로 시작한 적도 없으면서 괜히 서운하다.

신입사원으로 근무를 새로 시작한 마케팅 대행사에서는 일주일에 한 번씩 브랜드 콘텐츠를 만들고 뉴스레터나 SNS 콘텐츠로 발행하는 일을 하고 있다. 매주 너무 유사해서 보는 사람이 지루하다고 느끼지 않게 만들면서, 브랜드의 일관된 본질을 벗어나지 않는 것은 너무 어려운 일이다. 그간 클라이언트가 별말 없었던 안전한 방식을 택하면 금방 재미없어지기 일쑤고, 새로운 도전을 해보자니 이래도 되는 건가 싶고 말이다. 그 적절한 선을 지키기 위해서 문장 하나도 수십 번씩 읽고, 수십 장의 사진 중에서 적절한 하나를 골라내고, 영상은 대체 몇 번을 돌려보는지 모르겠다. 매주 영상 하나가 7차, 8차, 9차까지 수정될 때면 너무 괴롭고 작업자에게 정말 미안하지만, 다듬을수록 좋아진다는 진리를 확인하게 되기도 한다. 그렇게 만들어낸 콘텐츠가 얼마나 사람들에게 노출되었는지, 얼마큼의 반응이 있었는지를 매주 말, 매월 말 숫자로 확인하고 클라이언트에게 보고하는 일은 매번 고역이다.

그런데 이런 고행의 과정을 나 스스로에게도 적용하는 게 셀프 브랜딩이다. 그러니까 방법을 알고 있다고 쉽게 되는 것이 아니다. 디지털 마케팅의 일을 하기 전에는 SNS에 자기 자신을 적극 어필하는 친구들을 보면서 '뭐야 재 관종이야?' 이런 못난 생각을 하기도 했는데⋯ 무슨 소리. 절대 쉬운 일이 아니다. 그들을 관종이라고 폄하하면서, 가만히 있었던 내가 이미 뒤처지고 있었을지도 모른다. 자신을 적극 알리기 위해 일관된 이미지를 정기적으로 노출하는 것은 아무나 할 수 있는 일이 아니다. SNS 좀 잘한다 하는 친구들이 한 장의 사진을 올리기 위해 몇 장의 사진을 찍나 보고 있자니 정말 박수가 절로 나왔다. 수십 장 수백 장은 그냥 넘긴다. 그리고 그중 하나를 골라서 또 보정을 한다. 사진뿐만 아니라 텍스트, 영상에도 마찬가지다. 그러면서 자기만의 일관성을 놓지 않는다. 그리고 앞단의 노력은 싹 없었던 일이라는 듯 무심하게 툭 던진다. 이후 사람들의 반응을 보고, 시시각각 작은 변화를 실험한다. 진짜 부지런하고, 열정적이고, 용감한 사람인 것이다. 그저 외향적이고 자기 개방이 쉬운 성향이라고 해서 누구나 자연스럽게 나를 캐릭터화하고 콘텐츠화할 수 있는 것이 아니다. 꾸준한 노력과 시행착오의 결과이다.

뽐 말고 폼 ──────

지금까지 게을러서, 다른 사람의 평가가 두려워서, 직업으로 하는 일을 사무실 밖으로도 끌고 나오고 싶지 않아서 각양각색의 평계로 아무것도 하지 않았다. 하지만 이제는 뭐라도 해야 한다. 시대의 요구이고 꼭 필요해서라기보다 그간은 그냥 가만히 있어도 주어지는 일을 감사하게 하면서 물 흐르듯 살았다면, 이제부터는 스스로 새로운 기회를 만들어보는 도전이 필요하지 않을까. 아무 일도 하지 않으면 아무 일도 일어나지 않기 때문이다. 뭐라도 하면 뭐든 된다. 그리고 브랜딩의 시작은 본질의 발견이다. 주변 친구들이 오만 별명을 붙여주었고 그게 남들에게 가장 잘 노출되는 내 모습이겠거니 수용했지만, 스스로 깊게 고민해 본 기억이 크게 없는 것 같다. 그러니까 인문철학 입문 책 어딘가 첫 장에 나올 법한, '나는 누구인가?' 부터 시작해야 오래가는 무언가 나올 텐데 말이다.

뽐내지 않고 폼나는 사람이고 싶다. 그 누가 뭐라 해도 나는 흔들리지 않고 부끄럽지 않은 단단한 무언가를 어서 발견하고 싶다. 어차피 언제고 했어야 했던 일이다. 남들에게 나를 내보이기 앞서서, 내가 나를 이해하는 일. 진짜 제품이나 서비스를 시판하기 전에 다 뜯어놓고 분석하는 것처럼 내가 이 세상에 왜 필요한지, 장단점은 무엇인지, 같은 그룹의 유사한 사람들과 다른 점은 무엇인지를 다 열어놓고 분석하는 시간이 필요하다. 어쩌면 흰 종이를 두려워하는 내가 선배가 같이 책을 써보자고 제안한 이 프로젝트에 선뜻 참여하겠다고 말한 이유도 미뤄뒀던 나 살펴보기의 시간을 가질 수 있기 때문이라고 판단

해서 일 것이다. 결국 이 글도 세상 밖에 내놓아지고 평가대에
오를 테지만 말이다.

시선의 무게

|
은
아

모자라도 안 되고 과해도 안 되고 _____

　다른 사람은 존재 자체를 몰랐으면 하는 반점이 있다. 말 그대로 신체에 박혀있는 점이다. 손바닥만 한 크기의 점이 오른쪽 무릎 뒤에 있다. 나의 시선으로는 보이지 않는 점이니 대수롭지 않을 수도 있다. 이 점을 보려면 거울을 등지고 반듯하게 서서 상체를 거울 쪽으로 돌린 후 몸을 앞으로 기울여 목을 쭈욱 빼 아래를 내려다보는 수고를 해야 한다. 하지만 초등학교 다닐 때는 누군가가 내 반점을 보는 게 싫었다. 보여주기 싫어서 손수건을 무릎에 감고 다녔다. 반바지를 입고 다리에 손수건을 둘러매었으니 눈에 안 띄기는커녕 궁금증을 더 불러일으켰다. 친구들이나 선생님은 왜 저렇게 손수건을 두르고 다니는지, 무슨 일이 있는 건지 궁금했을 거다. 하지만 내 눈에는 보이지 않으니 괜찮았다.

어리고 한창 예민할 때라 남에게는 없는 점이 눈에 띄는 게 불편했다. 보다 근본적으로는 기질적으로 남보다 두드러지고 눈에 띄는 것이 싫었다. 내향적인 성향 탓에 무리 속에 무던하게 속해 있는 게 마음 편했다. 스스로 모자라도 그렇다고 과해서도 안 된다는 걸 행동 지침으로 삼았다. 눈치가 빨라 무슨 상황이 펼쳐질지 결과가 대략 예측이 되었지만 물어보기 전에는 모르는 척하거나 감지하지 못한 척했다. 재빠르게 일을 처리하고는 묵묵히 있는 나를 눈 밝은 어른이 눈여겨보고 칭찬을 해줘도 손사래를 치며 별일 아니라며 겸손하게 보이는 게 적절한 처신이라 여겼다. 우리의 전통적 덕목인 겸양의 태도를 기본적 처신의 자세로 여기다 보니 다른 사람이 과하게 자신을 드러내면 얼른 바로잡아 주고 싶다는 오지랖이 발동된다.

겸손하고 또 겸손하라고? _____

뉴욕에서 태어나고 자란 조카가 한동안 한국에 머무른 적이 있다. 본격적인 입시 생활에 돌입하기 전에 관심 있는 직업을 가진 전문가분들을 만나 진로를 탐색해보는 시간을 만들어

췄다. 현재 운영 중인 한옥 복합문화공간을 설계한 설계사님을 만날 기회도 만들어 주었다. 한옥에서 지내며 궁금했던 것이며 건축 설계일을 하려면 어떻게 준비해야 하는지 등에 대해 질문하는 시간을 가졌다. 우리 나이로 열일곱 살 청소년이 당신이 하는 일에 이것저것 관심을 가지며 질문하는 게 예쁘게 보였는지 인터뷰 후에 점심까지 사주셨다. 조카가 설계사님에게 맛있는 식사를 대접해주신 데 감사하고 게다가 진지하게 이야기를 나눌 수 있어 좋았다 했다.

거기까지는 괜찮았는데, 조카가 헤어지는 길에 "미국 돌아가서 열심히 준비 잘해서 이 회사에 인턴으로 지원하게 되면 잘 부탁드립니다. 분명 재미있게 잘해 낼 자신이 있습니다."라고 하는 게 아닌가. 이런 어필 멘트를 하다니. 겸손하고 매사 조심해야 한다고 생각하는 나이 든 고모는 자신감 넘치는 조카의 포부를 듣고 깜짝 놀랐다. 화기애애했던 분위기였는데 조카의 당차고 적극적인 태도가 혹여 그를 되바라지게 보이지는 않았을까 염려되었다. 자리에서는 웃으며 아무렇지도 않은 듯 넘겼지만, 자신의 매력을 과감히 드러내는 게 불편했던 고모는 집에 돌아오는 길에 조카에게 조언이라고 한마디 했다. 적극적인 태도는 좋지만 지나치게 공격적으로 첫 만남에 자신을 표현하는 건 우리 정서상 상대에게 오히려 반감을 살 수 있으니 조심해야 한다고 말이다. 그러고는 따로 설계사님에게도 연락을 드려 미국에서는 자신을 적극적으로 표현하는 게 좋다고 교육받아 그런 것이라고, 다른 불순한 의도는 없었을 것이라고 굳이 부연 설명을 했다. 미국에서 자라서 그러니 너그럽게 봐달라는 말까지 덧붙였다.

하지만 유난스러운 건 나였다. 선의를 선의로 흔쾌히 받았던 두 사람은 아무렇지 않았다. 그게 무슨 큰일이냐 여기는 두 사람의 반응에 당황한 건 나였다. 미국에서 태어나고 자란 조카는 고모의 상황 설명을 듣고는 적극적으로 자신을 피력하는 것은 사회생활을 위해 필요한 태도라 항변했다. 상대에 대한 존경과 감사함을 표하는 태도로 자신은 권장할 만한 행동을 그저 한 것뿐이었는데 이를 만류하는 고모가 야속하다 느끼는 것 같았다. 자신의 선의 있고 진취적인 자세에 대해 칭찬은 바라지도 않았지만 뒤틀리게 해석한 데 대해 섭섭해했다. 설계사님도 마찬가지로 적극적인 건 좋은 자세라시면서 오히려 귀엽게 생각하셨다고 답문을 주셨다. 문제 될 게 없는 상황이었는데 부끄러웠다. 나의 과민함으로 자라나는 청소년을 의기소침하게 만든 게 아닌가 하는 생각이 들었다. 내가 나를 표현하는 것에 대해 두려워하고 매사 신중하고 조심하는 태도가 정답은 아닌데 말이다. 웃으며 넘겨도 될 상황인데 괜히 쓸데없이 분란을 만들고 안 해도 될 소리를 한 것 같아 후회되었다. 사랑이 과한 근심과 걱정을 낳았다.

겸손함은 여전히 미덕인가? _____

잘해서 내가 드러나건 못해서 드러나건 아무튼 튀면 안 되었다. 잘해서 남 앞에서 칭찬받는 일은 기분 좋은 일이다. 그렇다고 해서 칭찬받는 순간에도 부끄럽지 않은 건 아니다. 박수받고 오래 서 있으면 몸 둘 바를 모르겠다. 하물며 칭찬도 아니고 부족하다는 이야기는 언제든 듣고 싶지 않다. 칭찬이든 조언이든 듣고 싶지 않았다. 부족한 나 자신의 실체가 드러나는 게 두려웠다. 빈틈 보이지 않으면서 잘하려고 조바심내면서 노력했다는 표현이 맞을 것 같다. 그저 늘 준비된 사람으로서 언제든 잘 해내는 사람이 되고 싶었다. 지켜보니 별로 대단하지 않다거나 기대했던 것보다 시시하다는 소리를 듣는 게 싫었다. 나에 대해 부정적 평가를 하는 상대에게 최대한 어필해 보고는 그래도 평가가 달라지지 않으면 잘 알지도 못하면서 이제 그만 하라고 쏘아붙이듯 말했다.

부정적 평가를 안 듣기 위해서는 주어진 임무를 완벽하게 마치는 게 중요했다. 적어도 내가 하는 일에 대해서 상황을 나의 통제하에 두고 원하는 수준까지 만들기 위해 스스로 다그쳤다. 기준은 남보다 늘 높았다. 상황이 좋을 경우보다 안 좋은 경우까지를 대비해 솔루션을 곱절은 대비해야 마음이 편했다. 물론 준비했던 솔루션은 안 쓰는 경우가 많았다. 성과는 좋았지만, 몸과 마음은 늘 긴장되었다. 완벽주의적 성향인 데다 다른 사람의 부정적 평가나 시선을 지나치게 신경 쓰다 보니 남보다 일을 몇 배로 더 했다. 일이 기대했던 대로 풀리지 않는 건 전체 상황이 예상과 달라 모두 최선을 다했지만 어쩔 수 없는 때도 있었을 건데 내가 조금 더 노력하지 않아서였다는 것으로 결론 내리기도 했다. 완벽주의에 이 죽일 놈의 책임감이라니.

강박으로 일을 처리해 내지만 잘 해냈다는 평가에도 만족할 줄 몰랐다. 더구나 부정적 평가를 듣게 되면 받아들이기 힘들었다. 혹은 더 잘할 수도 있었을 텐데 대비하지 못했던 나 자신을 질책했다. 늘 부족하고 충분하지 않다고 여기니 나 자신을 드러내고 표현하는 일은 엄두도 못 냈다. 스스로 대견하고 기특하면 내가 드러나는 게 별일이 아닐 텐데 늘 부족하다고 여기니 당연한 결과였다. 주어진 과제를 끝까지 완수하는 것만으로도 벅찼다. 다행스러운 건 성실을 무기로 일을 대하니 결과가 평균값 이상으로 나왔다. 일 잘한다는 소리를 들으니 굳이 나를 누군가에게 어필할 필요가 없어지기도 했다. 그냥 주어진 일에 한눈 안 팔고 전력만 기울이면 되었다. 나를 드러내고 표현할 필요가 없었다. 눈에 띄지 않게 지내는 게 익숙하다 보니 옷도 무난하게, 글도 무난하게 쓰게 되었다.

무난한 사람이 조직에서 구성원으로 있을 때는 별 불편함이 없다. 오히려 튀지 않고 성실하게 묵묵히 일을 해내는 게 회사 생활의 큰 미덕이 되었다. 무슨 일이든 맡기면 기본 이상은 해냈다. 일하다 보면 책임 소재가 불분명한, 어느 부서에서 일 처리를 해야 할지 막연한 일들이 있다. 보통 그런 일들은 위험이 크거나 예기치 않은 사정이 생겨 급하게 처리해야 할 때 발생한다. 돌이켜보면 그런 일들은 나에게나 우리 팀에 배정되는 경우가 많았다. 조직은 굴러가야 하고 누군가는 꼭 해야 한다면 내가 혹은 내가 속한 팀이 해내면 된다는 마음이 컸다. 누가 뭐라고 안 해도 알아서 높은 기준을 설정해놓고 자신을 들들 볶으며 일을 처리해 냈으니 조직에서 봤을 때 나만큼 가성비 높은 구성원이 따로 없었다. 필요할 때 언제든 활용하면 알아서 해내고 잘한다는 칭찬을 잊지 않고 한 번씩 해주면 되니 말이다.

하지만 울타리가 있는 조직에서 나와 보니 묵묵히 일만 해 내는 건 미덕이 아니었다. 그간 조직에서 일해 온 평판이 1인 개인 사업자에게 일을 맡길지 말지 참고 사항 정도는 된다. 하 지만 일을 맡기는 데 필요한 평판 체크 단계 이전에 일감을 맡 기는 데 적임자로 선택되기 위해서는 내가 어떤 사람인지 잘 알려지는 게 중요했다. 게다가 제품에 대한 브랜딩을 넘어 사 람까지 브랜딩이 강조되는 무한 경쟁의 시대로 넘어왔다. 무슨 일을 누구와 잘 해왔고 어떤 성과를 내왔는지 어떤 강점을 가 졌는지 나에 대해 잘 정리된 정보가 차곡차곡 쌓여야 했다. 대 중매체에 등장하는 연예인에게나 필요했던 스토리텔링이 일 반인에게도 필요한 시대가 되었다. 자기 홍보에 애쓰는 사람들 을 쳐다만 보고 구경만 해서는 될 일이 아니었다.

타인의 시선에서 벗어나기 _____

더는 겸손은 미덕이 아니었다. 누군가 열심히 하는 자신을 언젠가는 알아봐 주리라 기다리면서 얌전히 있는 건 아직 실력이 그만큼 못 미친다거나 아니면 그렇게 절실하지 않다는 의미로 해석되기도 했다. 적극적으로 자신의 본색을 드러내고 표현하는 사람이 지내기가 수월한 셀프 브랜딩의 시대였다. 그간 방치해 둔 SNS 계정 운영을 다시 열고 관리하기 시작했다. 소위 MZ세대가 선호한다는 SNS 계정도 새로 만들었다. 적당한 길이의 글을 쓰고 이미지 시대에 맞게 괜찮아 보이는 이미지로 꾸미면 된다 생각했다. 짧은 글과 한두 장의 사진이니 별거 아니라 생각했다. 하지만 문장의 시작부터 난관이다. 운 좋게 첫 문장을 완성하고 나서도 문장이 서너 줄을 못 넘겼다. 사진을 찍고 그야말로 있어 보이게 편집하는 일도 쉽지 않았다.

나만 못하나 싶어 신문물에 익숙한 미진 후배에게 물어봤다. 후배 역시 텍스트보다는 사진이나 영상에 훨씬 익숙한 세대였지만 그녀 역시 자유자재로 쉽게 쉽게 SNS에 글을 올리고 사진을 찍는 건 아니었다. 혼자만 보고 말아버릴 글과 이미지가 아니기 때문에 새로운 매체에 익숙한 그녀 또래들도 부단히 애쓰고 있었다. 사진 하나를 고르기 위해 몇십 번의 실패 샷을 만들어냈다. 과거에 내가 어떤 일을 잘하기 위해 수십 번의 곁눈질로 일을 익히듯이 그들 역시도 수많은 곁눈질과 노력으로 남들의 시선을 끌고 있었다. 그럼 그렇지. 한 번에 그냥 되

는 일은 없다. 자기표현을 자제하면서 자기검열도 심해져 시작
하기도 전부터 다른 사람의 평가와 시선을 의식하고 있으니 진
도가 나갈 리가 없었다.

　내향적인 성향에 완벽주의, 거기에 무한 책임감이 있는 사
람이 적극적으로 자신의 매력을 보여야 하는 셀프 브랜딩의 시
대에 산다는 건 고역이다. 다른 사람의 주목을 받고 싶지 않은
완벽주의자의 발목을 잡는 건 아이러니하게도 외부의 시선이
나 평가가 아니었다. 타인이 어떻게 평가 내리고 판단할 것이
라고 미루어 짐작하여 자신을 가두고 한계 짓는 게 더 큰 문제
였다. 사람들은 각자 생각하는 게 다르고, 그러기에 모두를 만
족시키는 건 애초에 불가능하다. 외부의 시선으로 나를 보게
되면 기준이 내가 아니라 타인에게 있어서 나는 늘 약자가 된
다. 타인의 기준은 내 영역 바깥이니 나는 내가 통제할 수 있는
내 영역만 챙기면 되는 것이다.

　기준을 타인이 아닌 나로부터 잡는 게 내가 풀어야 할 인
생의 숙제다. 다른 사람의 평가나 시선을 개의치 않는 것보다
중요한 건 내가 주체적으로 내 인생에서 원하는 바를 찾아내고
그것을 잘 표현하기 위해 노력하는 일이었다. 타인의 시선이

아닌 나의 관점에서 주체적으로 내 인생의 주인공이 돼야 문제를 풀 수 있다. 가끔 어딘가에 갇혀 있듯이 갑갑하다고 여길 때가 있는데 내가 만든 강박과 관념의 틀 안에 나를 가두고 있어서였다. 타인의 시선을 넘어 나 스스로 한계를 정하고 규정짓는 일을 멈춰야 내가 자유로울 수 있고 더 멀리 날 수 있다. 나의 눈으로 내 인생을 들여다보는 일은 언제 시작해도 늦지 않다. 어쨌거나 누구도 아닌 내가 내 인생을 사는 거니까. 연습만이 살길이다. 인생에서 거저 주어지는 건 없다.

루틴

나는 나를 사랑하는 편이지만 뭔가를 꾸준히 해내지 못할 때, 그 순간이 아니라 시간이 한참 지나서아 미리미리 꾸준히 좀 해놓고 있을 걸 하는 후회가 들 때 자괴감이 몰려온다. 당장 내일부터 시작해서 일주일 동안 해낼 수 있는 것이 뭐가 있을까?

감정은 정보다. 조절하는 것이라 아니라 알아차리면 된다. 나를 들여다보고 감정을 낱낱이 파헤쳐 보는 일이 괴로운 과정이라는 걸 알면서도 감정 관리 루틴을 포기하지 않은 내가 대견하고 예쁘다.

P의 고통

미
진

파워 P _____

여유, 여분, 여지, 여가, 여운, 여파, 여력, 여백. '여(餘)'로
시작하는 말들을 좋아한다. 그게 무엇이든 넉넉하게 남아있어
내가 언제고 원할 때 채울 수 있는 느낌이 드는 단어들이다. 남
아있는 만큼 나에게 주어지는 주체성이 생기는 기분이 든다.
이야기도 결말 문 꽉 닫고 온전한 교훈을 주는 이야기보다, 내
상황과 기분에 따라 늘 다르게 해석할 여지가 있는 열린 결말
을 좋아한다. 음식이나 선물을 준비할 때도 부족하게 준비하는
것보다 넉넉하게 여유분을 준비해두는 편이다. 촘촘한 여행 일
정보다 즉흥적으로 떠나서 유연하게 바꿀 수 있는 듬성듬성한
계획을 선호한다. 파워 J인 계획형 인간들이 파워 P인 나를 보
면서 불안해하지만, 나는 곳간과 통장을 제외하고는 꽉꽉 채워

져 있는 어떤 것을 볼 때 숨이 턱턱 막힌다.

"언니 제발 캘박 좀 해! 투두리스트(To Do List)도 좀 쓰고."
"캘박이 뭐야?"
"캘린더 박제. 이 언니도 이제 늙었네. 저리 가세요."

　회사에서는 날 MZ라며 반짝반짝한 아이디어 좀 내보라고 푸시하고, Z세대 친구들은 캘박도 모르면 꺼지라고 밀어내고. 점점 외로워지는 처지에 지독한 자기 연민만 늘어난다. 하여튼 나에게 캘박을 알려준 친구들은 요즘 루틴(routine)과 리츄얼(ritual)로 표현되는 규칙적인 습관을 만들기에 혈안이 되어있다. 갓생과 비슷한데, 주된 목적은 삶의 균형을 찾는 것이라나 뭐라나. 아침 일찍 일어나서 수영이나 헬스를 가고, 잠들기 전에 언어 공부를 하거나 일기를 쓰고, 그 외에도 물 마시기, 영양제 먹기, 필사하기, 스트레칭하기… 이렇게 사소한 습관들을 꾸준하고 규칙적으로 일과에 포함시키는 것이다. 일기는 밀려 써야 제맛, 청소는 대청소가 제맛이라고 생각하고 평생을 살아 온 나에게 너무 가혹한 유행이다.

타의적 루틴 _____

시도를 안 해 본 것은 아니다. 시도 때도 없이 바뀌는 내 취미 리스트 중 유일하게 계속 자리를 지키고 있는 딱 하나가 있는데 바로 '방탈출'이다. 거의 한 달에 두어 번은 꼭 방탈출을 하고 있는데, 함께 하는 친구 하나가 꼭 방탈출이 끝나면 블로그에 후기를 기록하곤 했다. 그렇게 방탈출 후기가 쑥쑥 쌓이자, 테스터 요청이나 협찬이 들어오는 게 아닌가? 그것을 보고 큰 영감을 받아서 나도 블로그를 하나 팠다. 이름 하여 '권또탈 블로그', '권미진 또 탈출'이라는 뜻으로 말이다. 현생에서 늘 탈출을 꿈꾸고, 유일하게 꾸준히 하는 취미가 방탈출인 것이 뭔가 아이덴티티가 될 법하다고 느껴졌다. 두근두근 셀프 브랜딩의 시작. 그래서 나름 프로필 이미지, 블로그 헤더, 게시글 템플릿까지 싹 디자인을 완료했다. 그리고 대망의 방탈출 후기 게시글 7개 올린 후 금세 지쳐서 아직까지 멈춰있다.

나 같은 의지박약을 위해 돈을 걸고 루틴을 강제로 만드는 앱들도 있다. 챌린지 인증을 통해 루틴 만들기에 성공하면 걸어 둔 돈에 상금까지 얹어서 돌려받고, 실패하면 돈을 잃는 것이다. 이것도 친구의 권유로 도전했다. 팝송 한 곡 필사하고 해석하기와 하루에 한 번 하늘 보기 이런 간단한 것을 도전했는데도 결론적으로는 걸어둔 돈을 몽땅 잃었다. 현대인이 하루에 한 번 하늘을 보고 사진을 찍는 것이 얼마나 어려운 것인지 처음 체감했다. 팝송을 듣고 받아 적을 만큼 여유롭고 낭만적인 시간을 만들기도 어려웠다. 처음에는 정말 뜻을 알고 싶은 좋아하는 곡들을 선곡하다가, 점점 쉽고 느린 곡, 결국에는 이미 가사를 다 외우고 있는 곡들로 꼼수를 부리다가 그마저도 안 하게 되었다.

영어 단어를 공부하는 앱도 친구들과 연간 패키지로 공동구매를 했다. 하루에 한 번씩 단어 퀴즈와 듣기 평가를 하면서 서로의 진행도를 볼 수 있는데 내 달력만 듬성듬성하다. 앱 자체에서 매일매일 잊지 말고 접속하라고 푸시 알림을 보내주는데, 싹 다 무시했더니 어느 날 시무룩한 말투로 '알겠어요… 이제 더는 알림을 보내지 않을게요.' 라고 와서 좀 웃기기도 했다. 매일매일 꾸준히 해야 효과가 있을 텐데, 내가 이 앱을 찾는 순간은 사무실에서 영어 사용에 대한 압박을 받을 때 화장실 끝 칸으로 도망쳐서 몇 번 플레이하고 나오는 정도이다. 이런 식으로 할 거면 차라리 하지 말라는 친구들의 잔소리를 들을 때 한 번씩 울컥해서 와라락하고 말이다.

남들은 모닝 루틴, 나이트 루틴 하면서 체계적으로 바르는 기초화장품조차도 나는 제멋대로다. 두껍고 둔감한 피부인 나는 뭐 아무거나 발라도 쉽게 뒤집어지거나 하지 않는다. 그래서 정말 아무거나 원하는 만큼 대충대충 바른다. 제형이 가벼운 토너로 닦아내고, 그다음에 에센스로 채워주고, 리치한 크림으로 덮어주고 그런 것들을 이론으로는 알지만 그냥 기분 내키는 대로다. 좀 덜 피곤하고 기분 좋은 어느 날은 순서대로 사사삭, 기분 안 좋은 날은 그냥 아무거나 대충대충, 어떨 때는 아예 아무것도 바르지 않고 잠이 든다. 이런 내가 뷰티 제품의 마케팅을 하고 있으려니 정말 괴로울 노릇이다.

오히려 나보다 내 주변 친구들이 내 삶의 루틴을 만들어주려고 엄청 노력했다. 때 되면 깨워주는 연락이 오고, 때 되면 자라고 잔소리를 하고. 혹시 적당한 스케줄러를 찾지 못해서 그런 것은 아닌지 루틴 앱이나 다이어리를 추천해 주고, 심지어는 직접 엑셀로 만들어서 책자 형태로 인쇄해서 전달해 준 친구도 있었다. 다시 한번 느끼지만 내가 원래 내 수명보다 한 5년 정도 더 산다면 친구들 덕이 아닐까? 주변의 이런저런 노력에도 불구하고 왜 나는 지속 가능한 루틴을 만들지 못하는 것일까?

모순 발견 _____

　나는 나를 사랑하는 편이지만 뭔가를 꾸준히 해내지 못할 때, 그 순간이 아니라 시간이 한참 지나고 '아 미리미리 꾸준히 좀 해놓고 있을 걸' 하는 후회가 들 때 자괴감이 몰려온다. 그게 뭐였든 10년 전에 시작해서 지금까지 했더라면 달인이 되어있었을 텐데 하면서 말이다. 그렇다면 지금부터 뭘 꾸준히 할 수 있을까 생각하면 가슴이 또 턱 답답해진다. 무려 10년이라니. 10년이라는 목표가 부담이라면, 당장 내일부터 시작해서 일주일 동안 해낼 수 있는 것이 뭐가 있을까? 생각도 정말 잠시뿐이다.

　주변의 응원과 노력에 힘입고도 뭔가를 해내지 못하니까 울컥 화가 솟구친다. 그래서 괜히 갓생을 열렬하게 실천하고 있는 친구에게 못나게 짜증을 내었다. 자신과의 약속을 지키지 못할 때 가장 많이 화가 난다는 친구에게 말이다. 나는 나 자신과 약속을 잘 안 하기도 하지만, 못 지키더라도 바로 용서가 되던데. 왜 너는 너에게 그렇게 박해? 왜 나는 나에게 이렇게까지 관대한 거지?

"왜 우리는 갑자기 갓생을 살아야 합니까? 세상에 갓생이라는 말이 없을 때도 잘 살아왔습니다! 아 무슨 갑자기 갓생이야."

"언니, 갓생이라는 단어만 없었다뿐이지 예전에도 부지런하고 규칙적으로 살라는 말이 있었지. 자기 계발도 비슷한 맥락이고. 루틴도 다른 게 아니라 하루를 알차게 보낼 수 있는 좋은 습관을 만들자는 거야!"

"특정 시간에 해야 할 일이 있다는 것은 그 시간에 할 수 있는 다른 일들이 줄어드는 거야. 나는 그 가능성을 열어놓고 싶은 거라고! 포기하고 싶지 않은 거라고!"

친구는 내 말이 어처구니없다며 깔깔 웃었다. 나름 논리적인 말이라고 생각하고 뱉었는데, 말하고 나니까 발견된 모순에 큰 현타가 찾아왔다. 그래서 이 친구가 아침 수영을 하는 동안 나는 무엇을 하는가? 잔다. 잘 수 있는 만큼 최대한 잔다. 이 친구가 필라테스를 다녀오는 동안에는? 일기를 쓰고, 다음 날의 계획을 짜는 동안에는? 주로 야근을 하고, 야근에 대한 보상심리로 게임을 하거나, 텔레비전을 본다.

그러고 나니 깨달아졌다. 갓생이나 루틴에 집착하지 말고, 과연 나는 하루를 어떻게 보내고 있는지 우선 점검을 해 볼 필요가 있다는 것을 말이다. 초등학교 1학년 때부터 했어야 하는 연습이 이 나이까지 잘 되어있지 않다는 것이 너무 부끄럽지만… 내가 하루를 어떻게 보내는지 어디서부터 잘못된 것인지 발견하면, 그때 다시 살려보겠다. 새롭게 태어날 나와 권또탈 블로그. 기대해 주세요.

나의 감정 해방 일지

불편한 마음 쓱 밀어놓기 _____

　분명 칭찬이다. 집안일을 묵묵하게 처리해 내는 나의 부지
런함과 넉넉한 마음 씀씀이에 대한 덕담이었다. 앞에서 보나
뒤에서 보나 옆으로 보나 듣기 좋은 말 맞다. 하지만 그 순간에
는 듣고 싶지 않았다. 상대는 나의 기분을 아는지 모르는지, 마
음이 보이는지 안 보이는지 상관없이 말을 이어간다. 백조가
우아하게 물 위에 떠 있는 것처럼 보이지만 정작 물에 잠긴 다
리는 물에 빠지지 않기 위해 발버둥 치고 있다는 비유까지 들
어가면서 말이다. 칭송을 들었으니 감사하다고 해야 하는 순서
였지만, 내키지 않아서 잠자코 듣고만 있다.

　부연 설명이나 묘사 없이 그저 우아한 백조 같다고 했어도

차이는 없었을 거다. 여럿이 어울리는 자리라 불편한 기분을 내색할 수는 없어서 최대한 무덤덤하게 보이는 표정을 짓는다. 어른은 감정 관리를 잘해야 하니까 말이다. 사람들이 돌아가고 어질러진 집을 치우고 씻고 눕는다. 조용하고 편안해서 좋다고 느끼다가 마음 한쪽 편이 '쿵' 하고 내려앉는다. 잠시 치워둔 그 감정이다. 자긍심, 환희, 확신, 희망, 호의 등과 같은 긍정적인 감정은 기분 좋은 여운을 남기며 휘발되지만, 불편한 마음은 쉽게 사라질 줄 몰랐다.

가만 돌이켜보니 이 마음이 낯설지 않다. 얼마 전에 대학 동기 모임 나갔을 때도 느꼈던 감정이다. 카톡으로 가끔 안부를 묻던 친구들 말고는 대부분 졸업하고 처음 보는 친구들과 함께하는 자리였다. 어떤 친구들은 처음 만나는 사이처럼 명함을 주고받으며 근황을 확인했다. 일하러 나간 자리가 아니니 명함을 들고 나가지 않아 다른 친구들처럼 건넬 명함도 없고 낯선 분야의 일이라 명함 대신에 무슨 일을 하고 사는지 주저리주저리 설명했다. 굳이 묻지도 않은 이야기까지 꺼낸다. 지금 하는 일이 어떤 의미가 있는지, 일하고 있는 공간이 요즘 얼마나 힙하고 유명해졌는지를 설명하는 내 모습이 갑자기 한심하게 느껴졌다. 20대의 파릇파릇했던 나와 함께 한 친구들일 뿐인데 그들에게 무엇을 보여주고 증명하고 싶었는지. 예상치 못한 내 모습이 궁상스럽게 느껴지니 좀 전까지 반가웠던 마음 은 저만큼 사라졌다. 더는 대화에 즐겁게 동참하지 못하고 쭈 뼛쭈뼛 덩그러니 있다가 돌아왔다.

토닥토닥, 감정 다독이기 _____

아 그때도 비슷한 마음이었다. 어떤 감정이 내 안에 자리 잡고 있다가 빈틈이 보이면 여지없이 기어 나와 나를 산란하게 하고 있다는 사실이 인지되기 시작했다. 이제는 감정(感情)을 감정(鑑定)할 때가 왔다는 신호다. 마음을 관찰해 고유한 특성 을 분별하고 실체를 판정할 차례. 어릴 때야 내 기분에 치여 전후 맥락이 안 보인다. 오직 나만 보이고 나만 중요하다. 내 마음과 내 감정이 먼저다. 내 마음을 번잡스럽게 만든 상대를 향해 이번 일은 다 당신의 '경우 없음'으로 일어난 일이라고, 마음이 너로 인해 상처받았으니 네가 잘못해서 일어났다고 생 각한다. 그리고는 "당신이 나에 대해서 뭐 안다고 주제넘게 간 섭하나?"라며 한마디 한다. 상대가 선한 의도였든 아니든 상관 없었다.

머쓱해진 상대는 마음을 다치게 할 의도는 없었으나 상처 줘서 미안하다고 사과한다. 나의 무례함이 지나치다고 여긴 사람하고는 자연스레 멀어지기도 했다. 감정을 주체하지 못하고 폭발하듯 파르르 화를 내기도 한다. 한참 시간이 지나 보면 경우 없이 굴었던 건 상대가 아니고 나였던 경우도 많다. 분별없는 감정 배출로 사람들을 떠나보내고 일도 그르쳐봤다. 감정이 생기는 대로 즉각적으로 처리할 게 아니었다. 이대로 두고만 볼 수 없었다. 내 주변에 남아있는 사람이 없어져 갈 게 뻔했다. 마음 상하는 말 한마디로 사이가 틀어지는 일은 언제고 일어날 수 있었다.

감정에 대한 대책을 세워야 했다. 인간인 이상 감정이 있고 감정이 있으니 인간이었다. 감정 관리는 인생 과제라 할 만하다. 우울과 불안이 기저에 깔린 섬세한 현대인들에게는 더더욱 감정 자체를 달래고 다독이는 루틴이 어떤 루틴보다 중요하다. 오해하지 말아야 할 건 감정이 불필요하다거나 나빠서 제거하라는 뜻은 아니다. 감정이라는 게 자연스러운 마음의 작용임에도 불구하고 우리는 감정에 대해 부정적인 선입견을 품는다. 어떤 사람이 다소 '감정적이다'라는 표현에는 그 사람이 불안하고 예민하고 까다롭다고 여긴다. 일할 때 감정을 절제하면서 상대와 대화할 줄 아는 사람이 더 우월하다는 통념이 있다. 감정을 부정적으로 보는 시선 탓에 감정의 작동 방식을 섬세하게 이해하려고 노력하기보다 통제하는 것을 더 권장한다. 소중한 내 마음일 뿐인데 주변에서 자꾸 못났다고 유별나다고 구박하니 우러난 감정을 감추고 숨기기에 급급하다.

시행착오 끝에 찾은 나의 감정 관리 루틴은 단순하다. 마음을 일단 관찰하고 정체를 파악하고 해결책을 찾아 행동해 보는 게 다다. 루틴을 거친 감정은 내 안에서 소화되고, 마음은 결국 해소된다. 대부분의 감정은 흘러가듯 연기처럼 사라지지만, 관찰이 필요한 대상으로 식별하는 데만도 시간이 걸리는 감정도 있다. 정체를 파악하는 데만도 몇 년이 걸렸다. 있는 그대로 인식하고 받아들이는 데서부터 감정 관리 루틴이 시작한다는 걸 알면서도 감정을 내 것으로 인정하기부터 어렵다. 내 감정이고 내 느낌이라고 자신 있게 말을 못 한다. 보통은 어디 내놓기 부끄럽고 초라한 감정이라서다. 감정은 우리 머릿속에 대놓고가 아니라 슬쩍 던지는 화두라 진짜 말하고자 하는 바를 암호처럼 숨겨서 보내는 통에 잘 보이지도 않는다. 작정하고 안 보이는 곳에 숨겨서 보물 찾듯 인내심을 가진 채로 감정을 발굴해야 한다.

며칠 전 칭찬을 듣고도 기분이 좋지 않았던 건 왜였을까? 칭찬을 건넨 사람의 의도나 진심은 논외다. 칭찬은 칭찬으로 받으면 되지, 의도가 있을 거라거나 공치사(功致辭)가 아니었을까 하고 재보는 건 아무 의미 없다. 말한 상대도 문제가 없고, 상대가 건네는 메시지도 문제가 아니었으니, 남은 건 내 마음이다. 기분이 별로였다는 것만 인지되었는데 가만히 들여다보니 건넨 칭찬에서 언급한 이유가 마음에 들지 않았다. 나는 '집안일을 잘하는 사람'이고 싶지는 않았던 것이었다. 칭찬을 건넨 분은 나의 배려심이나 넉넉한 인심을 칭송했지만, 내게는 달리 해석되었다.

회사 그만두고 자영업자로서 지난 몇 년간 공간 관리한다고 지내온 시간이 줄곧 즐겁고 재미있을 줄 알았다. 하지만 멋지고 근사해 보이는 공간 운영 비즈니스에는 알고 보니 장하준 교수가 〈장하준의 경제학 레시피〉에서 이야기했던 돌봄 노동이 상당 부분 포함되어 있었다. 가정이나 공동체가 원활하게 돌아가는 데 핵심이자 필수 노동이면서도 대개는 사회적으로 저평가되는 바로 그 가사노동이자 돌봄 노동에 지쳐있었다. 집안일을 잘하는 사람보다는 사회적으로 인정받고 싶은 마음, 대외적으로 성공하고 싶은 욕심이 숨어있다가 이제야 고개를 들고 마땅찮고 못마땅한 마음을 통해 메시지를 보내고 있었다.

진짜 감정의 정체 _____

당신이 원하는 건 여기 이 모습이 아니니 다른 모습을 찾아서 만들어보는 게 좋겠다는 신호였다. 이제야 감정의 정체를 찾았다. 나의 행동이 비로소 이해가 갔다. 동기들 모임에 나가서도 소소한 근황이 초라하고 시시하게 보이고 싶지 않아서 있어 보이는 삶을 향해 노력하는 나로 보이고 싶었다. 그래서 평소답지 않게 과장되게 행동했다. 사람들과 함께 일해 온 습성이 몸에 배서인지 모르지만 혼자가 아닌 사람들과 어울려 지내고 싶은 마음도 있었다. 조직 생활이 익숙해서 회사 생활을 잘하는 게 아니었다. 조직 내 자원을 잘 배분해 앞으로 조금씩 전진하며 목표를 달성하는 삶을 좋아했고 직장인으로서의 삶이 힘들기도 했지만, 꽤 만족하며 살아왔다는 걸 알게 되었다. 홀가분하지만 혼자서 해결해 가는 현재의 삶이 외롭고 심심했다. 나에겐 같이 일하는 동료가 필요했다.

내 안의 야심, 외로움, 질투, 불안을 확인하고 대면한다. 관심과 칭찬은 받고 싶지만 거슬리는 이야기는 듣고 싶어 하지 않는 심리인 데다 대범한 척 강한 척하려고도 했다. 더 들여다보니 다른 숨은 감정도 드러났다. 일면식도 없는 내 또래로 보이는 작가의 SNS를 보다가 질투감에 사로잡힌 적이 있다. 그리 대단해 보이지도 않는데 왜들 흠모하고 여러 자리에 초청하지 하면서 만난 적도 없는 사람의 면모를 깎아내렸다. 뾰족한 감정들은 나에게 이야기하고 있었다. 사적(私的)인 자아보다 공적(公的)이고 사회적인 자아도 잊지 말고 챙기라고. 공간 관리를 위해 해야 할 일이 수두룩하게 많았음에도 커리어 경로가 단절되지 않도록 이전 경력과 연결고리가 있으면 거절하지 않고 일을 이어갔던 것도 이유가 있었다.

감춰뒀던 진짜 감정의 정체를 파악하고 더 들여다본다. 나는 왜 그렇게 있어 보이고 싶어서 애를 쓸까? 초라하게 보이는 게 나쁜 건가? 왜 내가 아니라 다른 사람으로부터 칭찬받고 싶어서 안달이지? 혼자 즐겁게 만족하면 되지 왜 부족하다 느끼는가? 내가 관념으로 쌓아 올린 자아가 흐트러지거나 나약해 보이면 큰일이라도 생기는 것처럼 조바심내는 나를 또 마주하고 있으니 안쓰럽고 애잔하다. 한번 시작하면 끝도 없이 이어지는 질문에 답하며 마음을 깊이깊이 파고들다 보면 결국 만나는 건 허술하고 나약한 자아다. 감정이 생겨도, 감정의 정체가 궁금해져도 들여다보지 않는 건 자연스러운 자기 방어다. 부족한 걸 아는 것보다 모르는 채로 살아가는 게 더 나을 수도 있으니까.

　이제 존재도 확인했고, 원인과 실체도 파악되었다. 마음이 암호화해서 보낸 메시지도 확인했다. 남은 건 처방이고 그에 따른 실천이다. 부족한 걸 메워서 마음이 평안을 찾을 수 있도록 균형을 찾아주면 된다. 나의 감정을 달래는 데 필요한 행동을 찾고 실천하고 노력하면 감정은 완결된다. 감정의 시작, 전개, 그리고 마무리. 그렇게 감정을 순환시키면 더 이상 어떤 감정이 나를 할퀴고 꼬집는 일은 없을 것이다. 감정은 정보다. 조절하는 것이라 아니라 알아차리면 된다. 사람들과 함께 일하면서 칭찬도 받고 보상을 적절히 받도록 상황을 바꿔봐 주면서 나를 따뜻하게 대해주고 격려해 주다 보면 상처가 아물 듯 자연스레 치유되리라. 나를 들여다보고 감정을 낱낱이 파헤쳐 보는 일이 괴로운 과정이라는 걸 알면서도 감정 관리 루틴을 포기하지 않은 내가 대견하고 예쁘다.

절대 포기 못 하는 것

어릴 때 이후로 절대 가지 않는 그런 가성비 뷔페 같은 사람이 될까 봐 두렵다. 욕심은 많아서 이것 도 저것도 할 수 있는 것의 가짓수는 엄청 많은데, 뭐 하나 특별한 점을 찾으려면 찾기 어려운 사람.

내 행복의 기준은 시간을 내 의지대로 얼마나 충 실하게 쓰는지이다. 내가 극상으로 만족감을 느 낄 때는 나를 둘러싼 시간과 공간이 오롯이 나를 위해 존재한다고 느껴지는 순간들이다.

짜장면 달인과 가성비 뷔페

미
진

못 먹어도 고 _____

어느 날 아빠가 꾸벅꾸벅 졸고 있는 나에게 뜬금없는 말을 했다. 너는 어릴 때부터 짜장면과 짬뽕 중에 무엇을 먹을지 잘 고르지 못했다고. 그리고 그것이 네 인생을 계속 힘들게 만들고 있는 것이라고 말이다. 아빠 말이 맞다. 여전히 나는 메뉴판을 보고 당장 먹을 것 하나를 과감하게 탁 고르는 것이 가장 어렵다. 그래서 결국 짜장면과 짬뽕을 둘 다 시켜 먹은 후, 위장에서 불고 있는 면발에 괴로워하면서 복통을 호소하는 적이 많았다. 2인분을 욕심내는 것이 아니다. 그랬더라면 짜장면 곱빼기나 짬뽕 곱빼기를 시키면 됐을 간단한 일이니까 말이다.

그보다는 짜장면을 선택했을 때 짬뽕 먹을 기회를 1회 날리는 것이 아쉽고, 짬뽕을 선택했을 때 짜장면을 먹을 기회를 1회 날리는 것이 아쉬운 것이다. 그러니까 내가 욕심내는 것은 보통 기회다. 어쩌면 놓칠 수도 있는 그리고 놓치고 있는 어떤 기회가 세상에서 제일 아쉽다. 메뉴판을 붙들고 씨름을 하는 나에게 부모님은 다른 것을 또 먹을 수 있는 내일의 해가 분명 뜬다고 어르고 달래곤 했다. 그래도 주로 나는 짬뽕과 짜장면을 둘 다 시켰다. 다 못 먹고 남기더라도 일단 고.

물건이나 서비스를 구매할 때도 마찬가지다. 이것이 나을지, 저것이 나을지 고민하다가도 결국 둘 다 질러버린다. 특히 향수나 술과 음식, 음악, 공연같이 내 취향을 탐구할 수 있는 것에 거침이 없다. 맡아 보고, 먹어 보고, 직접 겪어 보지 않으면 절대 알 수 없는 것들은 당연히 직접 해봐야 직성이 풀린다. 그렇게 욕구를 제어하지 않은 과소비를 통해 이것저것 가능하다면 전부 경험했다. 그렇게 취향 과도기를 거쳐 지금은 슬슬 '이거 완전 네 것 같아.', '이걸 보니 네가 떠올라.' '네가 원하는 것이 무엇인지 딱 알지.' 하는 이야기를 자주 들을 정도로 점점 명확해지는 '나의 것', 나만의 취향 데이터를 갖춰나가고 있다. 특히 친구들에게 받은 선물이 나에게 완전 찰떡이거나, 단골 술집에 갔을 때 오래 설명하지 않아도 나에게 딱 필요한

한 잔이 내어질 때 큰 뿌듯함과 고마움을 느낀다.

　게다가 아직 기념주화와 특정 연도의 동전을 모으는 아빠의 콜렉터적 기질을 닮아 곳간 가득 쟁이고, 모으는 것을 좋아한다. 할아버지의 집에도, 아빠의 서재에도, 내 방에도 뭐가 하여튼 엄청나게 많다. 맥시멀 리스트 3세쯤 되는 건가. 침대에 벌러덩 누워서 게임을 할 때 나에게 중요한 것은 이기거나 강해지는 것보다는, 모든 캐릭터와 모든 코스튬을 모으는 것이다. 그리고 각 캐릭터의 이야기와 관계성을 모두 봐야 한다. 숨겨져 있는 요소가 있다면 무조건 전부 해금해야 하고 말이다. 가치관 측면에서 영혼의 단짝이라고 생각하는 가장 친한 친구에게서 절대 절대 이해할 수 없는 것 중 하나가 게임의 스토리 연출을 스킵 하는 것이다. 게임은 이야기 콘텐츠라고!

　그래서 게임을 직접 플레이하지 않더라도 영화 보는 느낌으로 게임 스트리머들의 플레이 콘텐츠를 자주 보는 편이다. 그런데 만약 스트리머가 여러 엔딩 중 하나의 엔딩만 보여줬다면 모든 엔딩과 이스터에그(Easter Egg-게임 개발자가 숨겨놓은 메시지나 기능)를 따로 전부 다 찾아봐야 직성이 풀린다. 내가 놓쳤을 수도 있는 모든 경우의 수를 다 확인해야 마음이 편해지는 것이다. 시청자의 선택에 따라 내용이 바뀌는 인터랙티브 필름이었던 넷플릭스의 〈밴더스내치〉도 플로우 차트 같은 것을 만들어 선택지를 바꿔가면서 가능한 모든 결말을 다 감상했다. 늘 그런 식으로 모든 것을 확인하고 나서야 고민한다. 내가 아무것도 모른 채 게임을 딱 한 판만 플레이할 수 있었다면, 나는 어떤 엔딩을 보게 되었을까?

멀리서 보면 오락가락하는 것 같아 보이는 나의 경험에 대한 집착과 기회에 대한 탐욕이 지금의 나를 만들었다. 나라는 사람을 이해하고, 취향을 발견하는 데 큰 도움이 됐다. 그런 면에서는 전혀 부끄럽다거나 낭비라는 생각으로 후회한 적은 없다. 반면 진로와 커리어의 측면에서 생각했을 때, 진정 도움이 되었는가 하면 큰 의문이 든다. 인생은 게임과는 달라서 아니다 싶으면 세이빙 포인트로 돌아가서 풀 체력으로 다시 시작하는 것이 안 되기 때문이다. 근데 나는 마치 그런 것이 가능할 것처럼 살았다. 일단 다 해보고, 아니면 말고. 과로로 꾸벅꾸벅 졸고 있던 나에게 뜬금없이 중국집 메뉴판을 언급하며 잔소리를 하던 아빠도 같은 맥락에서 속상해했던 것 같다.

짜장면 달인과 가성비 뷔페

한 우물 _____

아빠는 내가 메뉴판을 볼 것도 없이 짜장면과 짬뽕 중 하나만 고르고, 계속 하나만 냅다 팠어야 했다고 말했다. 그렇다면 메뉴판을 들고 한참 고민하는 시간도 아꼈을 것이며, 짜장면 전문가든 짬뽕 전문가든 뭐 하나의 전문가가 되었을 것이라고 말이다. 지금은 그냥 이도 저도 아닌 과식하고 배 아픈 사람이 되었다고 안타까워했다. 초등학생 때부터 중학생 때까지는 이과형 영재라고 영재교육기관 물리반을 다녔다. 그러다 고등학교에서는 문과를 가고, 유학을 떠나서는 시각 디자인을 하겠다고 하다가, 돌아와서는 한예종 무용원을 다니면서 공연예술계에 종사했다. 그리고 지금은 갑자기 마케터로 살면서 매일 야근에 찌들어있는 나를 아빠는 절대 이해할 수 없다고 했다.

그렇게 야근을 하면서도 친구들과의 사이드 프로젝트나, 지금 쓰고 있는 이 글쓰기도 포기하지 못하고 매일 물리적으로 부족한 시간과 체력에 질질 짠다. 진짜 하루하루가 뱉은 말 수습하기와 벌여놓은 일 쓸어 담기의 연속이고, 당연히 재미있어서 시작했지만 마무리하는 과정은 전쟁이 따로 없다. 과거의 열정을 원망하면서 점점 무기력의 늪으로 빠져들고, 후달리는 체력에 머리만 대면 꾸벅꾸벅 존다. 그런 내 모습을 보면서 아빠는 결국 이것도 해봐야겠고, 저것도 해봐야겠다는 욕심이 내 인생을 망친 거라고 안타까워했다.

널어놓은 여러 가지 중 뭐 하나는 잘 해내야 당당하게 내 삶의 방식이 틀리지 않았다고, 내 탐욕이 나를 성장시켰다고 당당하게 주장할 수 있을 텐데. 과연 그런가 하는 의문이 들 때가 많다. 그게 무엇이든 한 우물만 판 친구들이 확실히 나보다는 더 명확한 미래와 높은 연봉을 가진 것처럼 보이기 때문이다. 각자 나름의 고민이 있겠지만 일단 보이기에는 그렇다. 당장 오늘 뭐 먹지만 얘기하던 친구들이 이제 슬슬 미래에 대한 고민도 나누고, 당장 받고 있는 연봉이나 복지에 대한 이야기도 나누는데 그럴 때마다 머쓱함을 감추기가 어렵다. 돈을 떠나서도 내 정체성과 내가 하는 일을 설명하는데 어려움이 따른다. '주업은 마케터로 콘텐츠를 만들고, 아르바이트로는 공연예술계에서 디자인을 해, 사이드 프로젝트로는 친구들과 온라인 미디어를 탐구하고 아트 게임도 만들고, 요즘에는 글도 쓰고 있어.' 라고 거창한 척 뻔뻔하게 툭 나열해 놓는 것밖에 답이 없다. 하나하나 꼬치꼬치 질문을 받으면 피곤하다.

메뉴 추가 금지 _____

이런 와중에도 마케팅도, 디자인도, 예술도, 글도 더 잘 알
고 싶고, 더 잘하고 싶다. 이중 하나만 골라서 전문가가 되어보
라면 또 깊은 고민이 시작되겠지만, 그냥 이것저것 다 잘하고
싶다면 어쩔 건가? 어릴 때 인턴을 하다가 알게 된 해맑은 아
저씨 부장님 한 분도 내 현 상황과 진로 고민을 듣더니 쩌렁쩌
렁한 소리로 웃으며 말했다.

"나는 우리 미진이 능력치에 의리면 적어도 나사(NASA)
정도는 가 있을 줄 알았어!"
"나사는 저 미국인 아니라 못 가요, 부장님!"
"그렇다면 자네 우리 업계로 들어올 텐가? 너는 완전 현장
형 인재야!"

행사 운영 일이 나에게 딱이라는 것이다. 그럼 또 고민이
시작된다. 정말 내가 책상 위가 아니라 현장이 더 잘 맞는 사람
인가? 행사나 공연 일을 했을 때 현장에서 사람들이랑 부딪히
면서 일했던 것도 재밌었다. 내가 친구들 생일파티를 기깔나게
준비하고, 사람들을 화들짝 놀라게 하는 것을 잘하는 게 행사

기획과 운영에 재능이 있어서가 아닐까? 확 꺾어버려 또? 이런
식으로 인생 메뉴판에 메뉴가 하나 더 추가된다. 다시 덮어두
었던 메뉴판을 펼쳐 들고 머리를 싸매는 내 모습은 또 한동안
주변의 여럿을 괴롭게 할 테다. 한숨을 한 번 깊게 들이마시고
눈물의 메뉴판을 덮었다.

내가 세상에서 제일 싫어하는 외식 장소가 레토르트 음식
을 데워서 가짓수만 많게 잔뜩 내놓은 가성비형 뷔페다. 겉으
로 보기에는 엄청 화려해 보이는데, 이것저것 가져다가 먹어
보면 다 똑같은 향과 똑같은 맛이 난다. 뭐 대단히 특별할 것
없이 똑같은 정도의 단맛이 나는 미적지근한 온도의 음식들.
잔뜩 집어먹고 배부르게 나와도 기억에 남는 한 가지가 없다.
마지막에 후식으로 먹은 파인애플 한 조각 정도가 본연의 존
재감이 있었으려나. 어릴 때 이후로 절대 가지 않는 그런 가성
비 뷔페 같은 사람이 될까 봐 두렵다. 욕심은 많아서 이것도
저것도 할 수 있는 것의 가짓수는 엄청 많은데, 뭐 하나 특별
한 점을 찾으려면 찾기 어려운 사람. 차라리 과감하게 짬뽕은
안 팔아버리는 오로지 짜장면에만 미쳐있는 달인이 되는 것이
나았을 것이라는 아빠의 말이 귓가에 맴돈다.

시간의 사치

은
아

취향은 OK, 물욕은 글쎄요 ──────────

"추운데 발 시리지 않아?"

천으로 만든 운동화를 사계절 내내 신고 다니는 나를 보며 어
느 겨울날 친구가 반은 신기한 듯 반은 걱정되듯 한마디 했다.
그 운동화로 말할 것 같으면 후배가 신던 신발로, 본인 신으려
고 예뻐서 사긴 했지만 발에 잘 안 맞아서 나에게 건너온 물건
이었다. 디자인도 마음에 들고 편해서 구두를 신고 가야 하는
공식적인 자리만 아니면 주야장천 신고 다녔다. 한번 마음에
들면 물건이 닳아 떨어질 때까지 쓰는 습성 탓에 종종 벌어지
는 일이었다. 게다가 쇼핑도 잘 안 하는 편이라 지인들은 쓰던
물건 중 내 취향으로 보이는 게 있으면 가져다주었고 그럼 나
는 내가 산 것처럼 잘 입고 잘 쓴다. 새것보다는 세월의 흔적이

절대 포기 못 하는 것

묻어나는 헌 물건을 좋아하기도 하고 남이 사용하던 물건이라고 꺼리지도 않았으니 물건 살 일이 더 없었다.

물건에 대한 취향은 있지만 애착은 잘 없다. 있으면 쓰고 없으면 안 쓰고. 꼭 필요하면 사고 아니면 대체 물품으로 살아도 괜찮다. 결핍 없이 자란 이유도 크고 필요한 물건인가 아닌가를 기준으로 소비한다. 엔간해서 물건이 없어서 생활에 불편을 주는 그런 물건은 잘 없었다. 잘 안 사고 헌 물건 얻어 쓰다 보니 자연스레 미니멀리스트가 되었다. 좋아하는 품목의 물건들은 살아있는 동안 내내 리즈를 갱신하며 끊임없이 자기를 사라고 유혹하겠지만 그걸 다 소유하려는 욕심이 얼마나 말도 안 되는지 알게 되었다. 물건이 주는 만족감 혹은 그로 인한 행복감도 찰나에 불과하다는 것도 깨달아 가니 다른 사람의 소유물이 근사하게는 보여도 부럽지는 않았다. 적게 소유해도 충분히 행복한 일상을 살 수 있었다.

나는 시간 탐욕자 _____

그렇다고 욕심이 없느냐 하면 그건 절대 아니다. 욕심, 욕망 많다. 물욕은 줄였지만 절대 포기 못 하는 것 중 하나가 바로 시간에 대한 욕심이다. 눈에 보이지도 않고 손에 쥐지도 못하는 추상적인 가치인 시간에 대한 욕망이 그 누구보다 크다. 나라는 사람이 이 지구상에서 보내는 유한한 시간, 그 시간에 대해서만큼은 사치를 부려보고 싶다는 생각이 강하다. 시간 탐욕자로서 내 행복의 기준은 시간을 내 의지대로 얼마나 충실하게 쓰는지이다. 내가 극상으로 만족감을 느낄 때는 나를 둘러싼 시간과 공간이 오롯이 나를 위해 존재한다고 느껴지는 순간들이다.

거창할 필요는 전혀 없다. 약속 시간보다 일찍 미팅 장소에 도착해 커피 한 잔 시켜놓고 창밖과 주변을 가만히 바라보며 오늘 나눌 이야기를 정리하는 순간도 충만하다. 짧은 순간이라도 오롯이 내 시간이 되려면 노력이 필요하다. 약속 시간보다 일찍 도착해야 하고, 그러려면 너무 늦지 않게 일어나야 한다. 만남을 위해 필요한 자료도 미리 마련해 둬야 하고. 나눌 이야기도 관련되는 분들과 사전에 충분히 논의하고 어느 정도 결론을 내둬야 한다. 내가 시간을 주도적으로 설계하고 무엇으로부터도─그게 오늘 담판을 벌여야 할 상대편이든, 혹은 오늘 만남 전에 처리하고 나와야 할 집안일이든─휘둘리지 않도록 준비를 차근차근해서 시간을 잘 쌓아 올려야 한다. 예기치 않게 논의가 흘러가도 당황하지 않게 여유와 너그러움도 마음 한편에 챙겨둬야 한다.

내 시간이 소중하니 당연히 상대의 시간도 소중하고 귀해서 약속은 칼같이 지킨다. 다른 사람을 배려해서 약속 시간에 늦지 않기도 하지만 내 시간을 존중해달라는 의미도 크다. 타당한 이유가 있으면야 얼마든지 늦어진 사정을 이해할 수 있다. 특별한 이유 없이 약속에 늦거나 약속을 가벼이 여기는 사람을 보면 이해가 안 간다. 회사 다니면서 제일 힘들었던 건 의미 없게 흘려보내는 소중한 내 시간을 그저 지켜보는 일이었다. 회사에서 제일 많이 하는 일 중 하나가 회의인데 바쁜 사람 모아놓고 별 소득 없이 끝나는 경우가 많다. 다음 회의 전까지 각자 해 올 숙제 분배까지는 성공해도 정작 다음 회의에 가보면 우리의 논의는 늘 그 자리였다. 이럴 거면 회의를 왜 하는 건지. 회의한다는 행위 자체가 중요하고 굳이 회의로 결과물을 만들어 낼 필요는 없었다고 생각될 정도였으니 말이다.

수처작주 입처개진 _____

월급 받고 하는 일이라는 게 뭘 해도 내가 아닌, 남 좋은 일을 위주로 하니 신이 나기 힘들다. 정작 내 사업을 해도 다른 사람과 더불어 만들어가는 일이라 까딱 방심하다가는 타인의 페이스에 말려 남 좋은 일 하기는 십상이다. 수만 번의 시행착오 끝에 일을 대할 때 다른 사람에게 휘둘리지 않게 하는 나만의 요령이 있다. 그건 바로 '수처작주 입처개진(隨處作主 立處皆眞)'의 태도다. 이 문구를 처음 접한 건 소설가 박경리 선생의 작품 〈토지〉의 배경이 되는 경남 하동 최 참판 댁에서 만난 명예 참판을 만나면서다. 명예 참판제도는 명소를 찾는 관광객을 대상으로 한 일종의 이벤트로, 참판이 하는 일 중 하나가 방문객들하고 담소를 나누고 화두가 될 만한 문구를 맞춤형으로 생각해서 직접 써서 선물로 증정하는 것이다.

참판님께 이직해서 새로운 회사로 출근 전 놀러 왔다 전하고 이런저런 이야기를 나눴다. 다 들으시고는 한지 위에 한 글자 한 글자 정성 들여 글자를 써주셨다. 한자를 용케 읽어내기는 해도 의미는 잘 몰랐는데 설명해주시길 어디를 가든 주인이 되면 그곳이 어디든 참된 곳이라는 뜻이라 하셨다. 글을 받을 때는 좋은 문구네 하고 말았다. 회사를 옮기고서 어느 날 문득 참판께 받은 경구가 일을 하는 사람들에게 두고두고 새길 만한 화두라는 생각이 들었다.

절대 포기 못 하는 것

일이라는 게 하고 싶거나 잘하는 일보다는 안 하고 싶고 피하고 싶은 일의 연속인 경우가 많다. 하기 싫다고 몸부림치기보다는 상황의 주인이 되려고 노력하면 덜 지루하고 덜 괴롭고 심지어 재미있어지는 순간이 온다. 싫다 싫다 하면 더 하기 싫고, 괜찮다 괜찮다 하면 좋아져 보이기도 하는 마법이 일어나기도 한다. 회사 생활하면서 즐거웠던 순간은 우리가 성장해 가고 깨닫기 위해 함께 이만큼 애쓰고 있다고 느껴질 때였다. 개인의 목표 설정이라고 해봐야 결국 회사 내 업무 개선이긴 하다. 제한적이긴 해도 일이 우리의 성숙에 도움이 되게 맥락을 만들고 상황을 돌파해 방법을 찾아내면 그 일이 어느 순간 나를 위한 일이 될 수도 있었다. 한때 함께 일했던 동료가 같이 일할 때 참 좋았다고, 인생에서 중요한 때였다고 말해 준 적이 있다. 그때 상대의 시간도 나의 시간도 충만했나 보다.

시간의 밀도 _____

만족스러운 시간을 내게 많이 선물할수록 행복감은 당연히 높아진다. 회사에서 상사의 변덕에 온종일 시달리다가 야근하고 집에 돌아와 가족들과 저녁 시간을 보내면 힘들었던 순간은 사라지고 행복해진다. 끝도 없이 이어지는 가사노동으로 지

처있다 잠시 집을 벗어나 조용한 카페에 앉아 좋아하는 음악을 들으면 금세 평온해 질 수 있다. 수고한 나에게 주는 선물 같은 시간이 많아지면 내 시간의 밀도도 높아진다. 요즘 나를 가장 기쁘게 하고 집중해서 하는 건 다름 아닌 글쓰기다. 회사 다니거나 학교 다니면서 수없이 했던 일이 글쓰기였지만 즐거웠던 적은 별로 없었다. 글은 글이지만 각종 보고서, 업무용 이메일, 발표 자료 등을 위한 목적이 분명한, 따지고 보면 나랑은 별 상관없는 글이다. 개인적인 감정이나 생각은 중요하지 않은, 내가 쓰는 글이지만 조직의 입장이 반영된 남의 글이었다.

어릴 때야 일기도 곧잘 썼으나 어느 순간 나만 보는 내 일기임에도 스스로 검열하고 있다는 걸 느끼고 나서는 그만뒀다. 온라인 매체가 새롭게 등장할 때마다 새로운 매체에 계정을 만들어 글을 써보기도 했지만, 곧 또 시들해져서 사적인 글쓰기는 지인들 생일 축하 카드 쓸 때 빼고는 하질 않게 되었다. 완결된 문장으로 된 글을 안 쓰기 시작하니 쓰기 자체를 더 멀리하게 되었다. 간혹 나의 글을 원해서 의뢰받아 쓸 기회가 와도 막상 쓰려니 자신이 없었던지 핑계를 대고는 도망가기 바빴다. 그러다 맘먹고 쓰려고 컴퓨터 앞에 앉으면 한 줄도 못 쓰고 빈 화면에 커서만 깜빡거리는 걸 지켜보는 게 괴로웠다.

절대 포기 못 하는 것

글쓰기에 대한 로망은 놓지를 못 하고 글을 잘 쓰는 법에 관한 책들은 가리지 않고 사두고는 읽지 않고 쌓아뒀다. 한 줄도 쓰지 않으면서 왜 그렇게 글을 쓰지 못해 조바심을 냈나 생각해 보면 세상을 향해 혹은 나를 향해 하고 싶은 이야기가 분명히 있고 그걸 세상 밖으로 풀어내야 좀 더 평안해질 수 있다는 심리적 강박 같은 게 있었다. 글을 쓰면서 나는 위로를 받을 수 있으리라는 기대도 있었다. 책을 읽어서든 경험을 통해서든 내 안에 쌓아 두고 묵혀둔 시간에 따른 부산물을 이제는 세상 밖으로 내보내고 싶었다. 그렇게 하다 보면 나와 바깥 세계 사이에 벌어진 틈이 좀 메워지고 내 안에 얽히고설킨 각종 덩어리들이 풀어 헤쳐질 것 같았다.

자유자재로 마음껏 쓰다 보면 갖게 될 해방감을 맛보고 싶었다. 나는 여유로워지고 자유로워질 수 있다. 걸림 없는 삶의 구현! 더 이상 물러나면 안 된다 싶어 마흔 훌쩍 넘어 출판사와 계약을 해서 글을 안 쓸 수 없게 만들었다. 일하는 한옥에 와보신 분들이 창문을 열고 북한산을 바라보면 저절로 글이 써지겠다고 하셨지만 절대 그렇게 돼질 않았다. 지하로 내려가 벽 쪽으로 책상을 붙이고 면벽 수도하듯 해야 글이 써졌다. 한 문단을 겨우 완성하고 읽어보면 마음에 드는 구절보다 안 드는 부분이 눈에 띄니 지우고 다시 쓰고, 지우고 다시 쓰고 하면 어렵사리 완성한 첫 문단이 남아나질 못했다. 여러모로 부족한 자신을 매 순간 발견하고 괴로워함에도 불구하고 글을 마무리했던 건 글을 쓰는 과정이 즐거워서라는 이유 말고는 다른 건 없다. 진지하게 자기를 들여다보고 과거엔 미처 몰랐던 숨은 마음을 여기저기 탐험해 찾아내는 것도 좋았다. 생각을 다듬고 집중해 가며 언어화하는 과정이 즐겁다. 적합한 단어를 찾아내고 조합해가며 문장으로 구성하고 글로 엮어내는 과정이 쉽지는 않다. 하지만 나만이, 그리고 나라서 만들어갈 수 있는 창작의 기쁨이라 남은 삶 내내 꾸준히 할 생각이다. 나와 돈 안 드는 언어와 시간만 있으면 되니 이만한 사치와 호사가 어디 있을까?

절대 포기 못 하는 것

나의 몸

이제 오늘의 즐거움이 남은 생의 마지막이 될 수
도 있다는 두려움이 둥실 떠오를 때마다 혀에서
츄릅 당기는 액상과당을 물과 아메리카노로 바꾸
기 시작했다. 그리고 무거운 발걸음을 질질 끌고
엉엉 소리를 내면서 운동을 나간다.

죽음은 두렵지 않지만 현생에서 음울한 기질이
툭툭 튀어 올라올 때가 문제다. 이생이나 저생이
나 마찬가지라면 저생을 가도 되는데, 이생에 남
아 있어야 할 이유가 잘 안 찾아졌다. 긴 대화 끝
후배의 카톡 문자. "언니, 우리 자연사하자."

난 이렇게 살아왔는데

미
진

당연한 C ─────────

집부터 회사까지 도보 10분 거리, 그 사이에 위치한 헬스장에 PT를 등록했다. 집에서 출발해도, 회사에서 출발해도 채 5분이 걸리지 않는다. 등록하면서 오랜만에 측정한 인바디 그래프가 깊은 커브의 C자를 그렸다. 위에서부터 체중, 골격 근량, 체지방량 순으로 표시되는 그래프에서 높은 체중, 낮은 골격 근량, 높은 체지방량을 기록하는 최악의 형태라고 하던데. 내가 막 태어났을 때는 분명히 저체중 팔삭둥이로 태어났다고 했다. 언제 이렇게 불어나서 평균을 훌쩍 뛰어넘은 과체중이 되었는지. 과식, 과음, 불규칙한 생활습관과 젊은 나이에 대한 오만 등 30년 동안 쌓아 올린 업보가 이 몸을 만들었겠지. 내 몸의 원래의 상태가 무엇인지도 모르겠다. 내가 만약 큰 노력이 아니더라도 보통만큼 먹고, 보통만큼 마시고, 밤에는 자고, 아침에 일어나는 삶을 살았더라면 어떤 모습이었을까? 대단히 바르게 살 자신은 없으니까 딱 남들만큼만 말이다.

상담해 주던 트레이너도 내 머릿속의 것과 같은 질문을 했다. 태어나기를 이렇게 태어난 건지, 아니라면 언제부터 체중이 증가했는지, 평소 생활 습관은 어떠한지를 물어보고, 내 몸을 이리저리 살펴보더니 의사 선생님처럼 심각한 표정으로 진단 결과를 와라락 적어 내려갔다. 그리고 혹시 속여 말한 것은 없는지 재확인을 했다. 그 익숙한 표정과 질문이 지긋지긋하게 느껴졌다. 나는 최종 진단이 채 끝나기도 전에 지옥의 유산소와 절식을 처방받을까 두려워 급하게 말을 덧붙였다.

"다이어트를 엄청나게 하고 싶은 건 아니에요! 근육을 만들고 싶어요. 평소 자세가 너무 안 좋기도 하고, 체력도 줄어드는 거 같고. 물론 살을 빼야 하는 몸 상태인 것은 알지만, 아무튼 그게 일 순위는 아니라는 거예요!"

이제 귓등으로도 안 듣는 가족들 잔소리를 넘어서, 간간이 만나는 부인과 의사 선생님도 살을 빼라고 한다. 그럼 살을 빼는 게 당연히 맞겠지만 이게 참 쉽지가 않다. 사람들은 어떻게 세상만사에 관심이 많으면서 본인의 몸뚱어리에는 무관심할 수 있냐고 의아해했다. 내 몸을 관리하는 데 있어서는 소홀했다는 것을 인정하지만, 인간의 신체에 무관심한 것은 아니다. 한동안 넷플릭스 오리지널 프로그램 〈피지컬 100〉에 푹 빠져 있었다. 〈피지컬 100〉은 보디빌더, 운동 유튜버, 다양한 종목의 국가대표 선수들까지 강인한 신체능력을 자랑하는 100명이 피지컬 강자 1인 자리를 놓고 겨루는 서바이벌 예능 프로그램이다. 학폭 논란, 최종 결과 재촬영 및 조작 논란 등 여러 노이즈가 끼면서 내 관심도 시들해져 갔지만 방영 당시에는 반쯤 미쳐있었다.

어제와 같은 오늘 _____

이것이 자본의 맛이구나 싶은 축구장 2배 규모 세트장에서 조각칼로 서걱서걱 썰어놓은 것 같은 몸들이 원초적으로 땀 튀기며 힘겨루기를 하는 모습을 보고 있으면 집 나갔던 도파민이 싹 돌았다. 특히 언더독(underdog) 취급을 받던 여자 선수들이나 왜소한 체격의 선수가 꼼꼼한 전략과 악바리 정신력으로 승기를 잡는 순간이면 짜릿한 카타르시스가 머리끝까지 차올랐다. 안고 있던 쿠션을 팡팡 치면서, 같이 악을 지르면서 역동적으로 시청했다. 〈피지컬 100〉 이전에도 특수부대 출신 예비역들이 겨루는 〈강철부대〉나 〈더솔져스〉같은 프로그램을 좋아했고, 그보다 훨씬 더 이전에는 〈출발 드림팀〉이 있었다.

나에게 없는 것을 동경하기 때문일까? 몸을 잘 가꾸고 잘 쓰는 사람이 멋있어 보인다. 정작 나는 퇴근하고 기가 쪽 빨린 몸을 침대 위에 그대로 던진 채, 〈캡틴 마블〉의 브리 라슨이 한 손으로 턱걸이하는 영상이나 레슬링 장은실 선수가 훈련하는 영상을 보다가 스르르 잠이 든다. 그리고 일어나면 또 하루의 시작. 평일에는 가만히 앉아서 키보드 위의 손가락, 모니터 앞의 눈알만 겨우 굴리고, 주말에는 술 먹고. 다시 침대에 몸을 던져 다른 사람들이 몸 쓰는 영상을 보다가 잠들고. 눈 번쩍 뜨면 또 하루의 시작. 10분 거리의 회사는 걸어가는데 1,000보도 필요로 하지 않는다. 결국 평일에는 서서 움직이는 시간이 하루에 채 30분도 되지 않는 셈이다.

어떤 주말에는 화장실 가는 것도, 물 마시는 것도 참고 하루 종일 누워만 있다가 일어났더니 걷는다는 동작이 어색해 고개가 절로 갸웃거려졌다. 한발 한발 걸어 나가는 데 재활 치료

난 이렇게 살아왔는데

를 받는 기분이 들었다. 술이라도 진탕 마신 다음 날은 말해 뭐
해. 평소 존재감도 느끼지 못했던 사지의 작은 근육들이 녹아
내리는 중인 것을 느끼며 떼굴떼굴 굴러다녔다. 그러다가 속이
아프면 고개만 겨우 세워 이온음료와 초코우유만 왈칵왈칵 들
이키고, 다시는 이렇게 정신없이 마시지 않겠다며 절주를 다짐
한다. 망각과 후회의 지옥에 빠져서 뱅글뱅글 쳇바퀴 도는 동
안 죄 없는 근육들이 녹아나가고, 지방들은 신나게 불어나고
있다.

어린아이에게 엄마가 처음 위험의 신호를 느끼고 피하는
법을 가르칠 때, 일부러 따끈한 주전자 근처에 손을 갖다 대고
가르치지 않나. "이게 바로 '아뜨뜨'라는 거야. '아뜨뜨'는 절
대 가까이 가면 안 돼!" 그렇게 피부로 가르쳐도 금세 까먹고,
굳이 또 손을 갖다 대고는 뿌앵 울어버리는 바보 같은 아이가
된 느낌이다. '이렇게 자꾸 늦게 잠들면 다음 날 피곤해, 이렇
게 과식하고 과음하면 다음 날 괴로워. 이 자세로 앉아있으면
허리 수술 삼천만 원! 계속 안 움직이고 누워만 있으면 나중에
영원히 누워 있어야 해! 당장 일어나!' 매일 같이 체득하고 상
기해도, 하루면 바로 까먹고 어제와 같은 오늘을 살았다. 마치
내일은 없는 것처럼 말이다. 그러다가 언젠가 크게 데일 수도

있다는 게 와 닿지 않았다. 별로 두렵지 않았었다.

서른 먹은 콩벌레 _____

그런데 이제서야 이렇게 살다가는 제 명까지 못 살겠다는 생각이 들었다. 아니, 일찍 죽는 것보다 더 끔찍하게 유병장수 하면 어떡하지. 지금 내 생활습관으로 보나, 가족력으로 보나, 유병장수의 확률이 낮지 않다. 나는 늘 이렇게 살아왔는데. 이 제서야 어떤 신체능력 퇴화나 질병에 대한 두려움 같은 것이 처음 느껴진 게 하필 서른을 찍은 시점이라니. 아무리 요즘 사람들 노화 속도가 느려졌다고 해도 아직 '서른'이 어떤 각성의 계기로서는 유효한가 보다. 김광석의 〈서른 즈음에〉를 부르면 서 유난 떨던 인생 선배들을 조금은 이해하게 됐다. 물론 내 안의 반항기 가득한 피터팬은 격렬하게 부정하고 있지만 말이다. 어쨌든 이제는 몰락이 예정된 네버랜드에서 탈출해야 한다. 귓 가에 〈오징어 게임〉 깐부 할아버지의 목소리가 울린다. "이러 다가는 다 죽어!"

그래서 PT를 다시 받기로 했다. 금, 토, 일은 왠지 운동하 기 싫고, 화요일과 수요일은 왠지 칼퇴를 못할 것 같고… 이러

저러하니 금요일에 만나자는 아이유처럼 그럴듯한 이유를 댔더니 이틀이 딱 나왔다. 월요일과 목요일. 운동을 핑계로 야근을 피하기도 딱 적당한 간격이기도 하고 말이다. 남 보기에 너무 괘씸해 보이지는 않는 삼일 정도의 간격. 일을 핑계로 운동 빼는 날을 정하고, 운동을 핑계로 야근을 도망칠 날을 정하는 구질구질한 모습이 서럽기도 했지만, 동시에 뭔가 치밀한 사람이 된 것도 같아서 한편 뿌듯하기도 했다. '1회 7만 원 PT 값 내놓을 거 아니면 꼭 퇴근시켜달라고 해야지!' 하면서 엄포를 놓는 상상도 즐거웠다.

그렇게 다시 시작된 운동은 전혀 즐겁지 않았다. 평소 전혀 움직이지 않는 근육들로 절대 할 일 없는 자세를 하며 반복적인 세트를 이어가자 '악' 소리가 절로 나왔다. 축 늘어져 있는 근육을 쪼이고, 단단히 쪼그라들어 있는 근육은 또 늘리고, 심지어는 미세하게 찢어야 강해진다는 인간의 몸이 너무 합리적이지 못하다고 느껴졌다. 고통을 이겨내야 강해진다는 어떤 진리가 원망스러웠다. 무슨 무협지도 아니고 이게 뭐야. 이러한 고통을 즐기는 사람이 있다는 것을 믿을 수 없다. 나는 주삿바늘 따끔함도 싫어하는데, 근육을 찢는 고통이라니!

거울로 확인할 수 있는 트레이너와 내 표정에서 공통된 마음을 읽을 수 있었다. 서로를 절대 이해할 수 없다는 표정. 그렇지만 목 끝까지 차오르는 욕을 갈길 수 없으니 짓는 예의상의 미소. 트레이너가 자기의 업이긴 하지만 돈을 내고 통제를 받겠다는 사람들이 잘 이해되지 않는다고 할 때는 옅게 유지했던 미소조차 사라질 뻔했다. 트레이너 역시 내 생활습관과 식단에 관한 애기를 듣고 있으면 눈앞이 침침해진다며 마른 얼굴을 북북 쓸어내렸다. 그러고는 내 말린 어깨나 등을 교정해 주면서 어떻게 이런 몸으로 살 수 있는 거냐며 또 의아해했다. 나를 '콩벌레'라 부르면서 말이다.

최선의 아메리카노 ──────

"난 늘 이렇게 살아왔는데! 근데 고쳐야 한단 건 알아. 그래서 자기한테 돈 내고 다니는 거잖아. 시작이 반이라며. 나 반은 했잖아 그럼. 시작이 진짜 어려운 건데, 그걸 해냈잖아 내가! 트레이너들은 다 변태야. 너무 가학적이고 통제적이야!"

당사자에게 전하지 못할 투정을 괜한 친구들에게 쏟아냈다. 나랑 비슷한 성향의 친구들은 공감을 해주기보다는 이때다

하고 아무 말 한바탕을 하는데 그게 또 약이 바짝 오르는 와중에 나름 재미있다. 역시 몸 쓰는 것보다 입씨름이 훨씬 재밌어.

"가학적인 게 아니라 피가학적인 거 아니야? 본인도 그 고통을 즐기는 거잖아."

"그러면 정신적으로 가학적 성향이고, 신체적으로는 피가학적 성향인 건가? 너무 어렵다."

"대체 매번 왜 이런 대화를 하는 건가 싶긴 한데 재밌다! 그래서 라테에 헤이즐넛 시럽 추가할 거라고?"

"아니, 나 그냥 아메리카노로 할게."

오늘의 내가 가장 중요한 나라서 내일의 내 모습을 상상하고 기대하는 연습이 잘 안되어있다. 이번 생의 내가 알고 보니 캡틴 마블처럼 전 우주를 구해야 하는 히어로라거나, 〈피지컬 100〉 시즌 3이나 4쯤에 초대받아 나갈 일은 없겠지만, 그리고 장수의 꿈이 있는 것도 아니다. 다만 이제 오늘의 즐거움이 남은 생의 마지막이 될 수도 있다는 두려움이 둥실 떠오를 때마다 혀에서 츄릅 당기는 액상과당을 물과 아메리카노로 바꾸기 시작했다. 그리고 무거운 발걸음을 질질 끌고 엉엉 소리를 내면서 운동을 나간다. 앞으로도 계속 이런 두려움이 더 자주, 크게 찾아오겠지.

죽음을 대하는 마음과 태도

은
아

어른이라고 느끼는 순간 —————

　어른이 되어간다고 느끼는 순간은 내 이름을 걸고 계약이라는 걸 할 때와 축하의 자리보다는 위로나 애도의 자리에 가게 되었을 때다. 문상은 일정이 맞는 선후배나 친구들하고 모여서 가는 게 보통이고 그런 자리에 가면 으레 가장 연장자 선배가 하시는 걸 따라서 하면 되었다. 제례의 일종으로 형식이 있지만 배워 본 적이 없으니 입장하는 순간부터 나오는 순간까지 엄숙함을 깨지 않기 위해 같이 간 사람들이 하는 걸 흘깃흘깃 보면서 무례를 범하지 않으려고 했다. 살면서 애도의 자리가 또 그렇게 자주 있지를 않으니 매번 문상 갈 때마다 낯설고 적응이 안 된다.

한번은 혼자 장례식장에 가게 되었다. 대학 입학하고 얼마 안 될 때였는데 친구들과 무리 지어 함께 갈 타이밍을 놓쳐버렸다. 그렇다고 안 갈 수는 없었다. 지하철 타고 버스 타고 안양에 있는 장례식장에 도착할 때까지만 해도 별생각이 없었다. 집에서 멀구나! 그리고 친구가 마음이 몹시 아프겠구나 정도의 마음이 들었다. 막상 입구에 도착하고 나서는 머리가 뒤죽박죽되고 심장이 쿵쾅대서 빈소로 직행하지 못했다. 조의 봉투에 뭐라고 써야 하는지, 절을 몇 번이나 하는 건지, 절하는 게 먼저인지 꽃을 놓는 게 먼저인지, 향을 먼저 피웠던가 헷갈리고, 그리고서 가장 중요한 일인 상을 당한 친구를 만나 어떻게 애도해야 하는지 막막했다.

집으로 돌아가기엔 멀리까지 온 게 아깝고 여기까지 왔는데 친구 얼굴이나 보고 가자 하고 빈소에 들어섰다. 예전에 선배들 따라가서 봤던 모습을 기억해 내며 조문객으로서 예를 다하고, 친구의 얼굴을 마주한 순간 어떤 말도 나오질 않았다. 눈물이 주르륵, 울음이 터졌다. 오히려 문상객인 나를 친구가 안아주고 손을 잡아주어서야 마음이 진정되었다. 위로하러 간 자리에서 거꾸로 챙김을 받았다. 친구 가족들에게 인사를 전하고 친구와 안부를 주고받고 서울로 돌아왔다. 멀어서 혼자 가기

망설였지만 다녀오길 참 잘했다는 생각이 들었다.

죽음에 임하는 자세 _____

그렇게 한 번씩 애도의 자리에 다녀오면 우리 모두의 삶에는 끝이 있다는 걸 체감한다. 삶은 유한하고 죽음은 예기치 않게 불쑥 찾아온다는 사실을 확인한다. 그 계기로 잠시나마 죽음과 이별에 대해 진지하게 고민한다. 나이가 들고 어른이 되어간다는 건 삶보다는 죽음이나 이별과 같은 요인들이 더 자주 곁에 출몰한다는 의미다. 사랑하는 이가 갑작스럽게 생을 마감해 곁을 떠나는 것은 떠올리는 것조차 슬픈 일이지만 죽음도 엄연한 현실이니 한 번쯤 진지하게 생각해 보게 된다. 탄생이 인간 생명체의 시작이라면 죽음은 끝이다. 영혼의 존재 여부를 믿느냐와 상관없이 육체가 더는 작동하지 않는 상태를 말한다. '끝'이라는 단어가 주는 비장함 때문인지 본인의 죽음이든 타인의 죽음이든 먼저 입에 올리는 건 왠지 불경스럽다. 하지만 나에게 죽는다는 건 영원한 안식(安息)으로 가는 일이다. 죽음 혹은 사라짐에 대한 동경이라고 해야 할까? 고작 12살, 태어난 지 겨우 열두 해를 보낸 중학교 1학년 때 지은 시를 보면 조숙했다고 해야 할지, 허세 가득했다고 해야 할지 모르겠다.

돌(石)을 위한 시

너는 찬 기운만 돈다.
해가 뜨고 바뀌어도 넌 언제나 싸늘하다.

너에게 몸 붙일 곳이 있다면 얼마나 좋겠느냐
야비하고 언제나 껍데기만 있는 이 세상을 등지고
언제나 너의 싸늘한 기운에 감싸이고 싶다.
너의 그런 감정을 맛보며 살면 얼마나 좋겠느냐!

너의 찬 기운에 빠지고 싶다.
이 불안전한 세상을 등지고……

가정환경이 불우하지도 않았고 부모님을 비롯한 주변 사
람의 사랑을 듬뿍 받고 자라 철이 없을까 봐 걱정이라면 걱정
이었다. 그저 평범한 환경의 청소년이었는데 어디서 저런 생각
과 감성을 갖게 되었을까 궁금하다. 그때 일기를 보다 보니 청
소년치고는 학업 스트레스와 잘 해내야 한다는 강박감이 심했

는데, 그 일로 죽음을 동경했을 것 같지는 않고. 타고난 기질이 아니었나 싶다. 어쨌거나 열두 살 때의 나도 그랬지만 지금의 나도 여전히 근저에는 삶은 치열한 전쟁이고 죽음이라는 건 격렬한 전투가 종결된 어떤 상태다. 태어날 때 삶과 죽음 중 선택할 수 있다면 전쟁이 끝난 후의 평온을 택할 것 같다. 내게 죽음은 두려운 존재가 아니라 영혼의 안식으로 가는 길이니 그 길 위에 나서는 것을 두려워할 이유가 없다.

얼마 전 죽음에 대해 명쾌하지만, 마음 따뜻해지게 정의를 내린 배우가 있었다. 목소리와 눈빛이 매력적인 조현철이란 배우가 시상식장에서 수상 소감을 말할 때였다. 대게는 오늘이 있기까지. 그간 은혜를 입은 사람들에게 고마움을 표현하는데, 조 배우는 달랐다. 투병 중인 아버지에게 건네는 말이었는데, 말들이 너무 예뻐서 듣고서 메모를 해뒀다. 공식 석상에서 아버지라는 호칭이 아니라 평소 쓰던 '아빠'라는 호칭을 쓰며 조곤조곤 말을 이어 가는 다정한 아들의 모습이 꽤나 인상적이었다.

"투병 중인 아버지한테 용기를 드리고자 잠시 시간을 할애했다. 아빠가 눈을 조금만 돌리면 창밖으로 빨간 꽃이 보이잖아. 그거 할머니야. 할머니가 거기 있으니까 아빠가 무서워하지 않았으면 좋겠고 죽음이라는 게 나는 그렇게 생각해. 그냥 단순히 존재 양식의 변화인 거잖아…(중략) 그러니까 아빠가 무서워하지 않고 마지막 시간 아름답게 잘 보냈으면 좋겠습니다. 사랑합니다."

우리 자연사하자! _____

　　죽음은 두렵지 않지만 현생에서 음울한 기질이 툭툭 튀어 올라올 때가 문제다. 이생이나 저생이나 마찬가지라면 저생을 가도 되는데, 이생에 남아 있어야 할 이유가 잘 안 찾아졌다. 한번 그렇게 시작되면 이삼일은 우울해졌다. 이유를 찾으려고 애썼으나 찾을수록 답이 안 나왔다. 그러다 나름대로 결론 내리기로는 지구 위에서 인간으로 태어남을 내가 택하지는 않았지만, 그저 최선을 다해 삶을 살아내야 할 의무가 있다고 보았다. 내게 남은 건 선택이 아니라 살아내야 하는 의무만 있다. 생을 마감하게 될 때 과거 어느 순간, 그때 그랬을 걸 하는 후회가 없게 가보자고, 떠날 때 아쉬움 없이 잘 지내다 떠나자고 말이다.

　　당장 내일 떠나도 아쉬움 느끼지 않게 살아내자 했으니 하루하루가 금쪽같이 느껴지는 날이 많았다. 그러다 다시 우울감이 증폭되거나 하는 날에는 생보다는 죽음을 더 가깝게 느끼기도 했다. 오늘이 끝이면 좋겠다 싶다가도 내 몸은 내가 주인이지만 온전히 나만의 것이 아니고 부모님과 가족에게 살아있는 내내 이별의 슬픔과 상처를 깊게 주는 것만은 지양하기로 하고 좀 더 버텨보기로 했었다. 우울한 조짐이 오면 잘 움직이려 하는데 부러 좋아하는 사람을 만나 목적 없는 시시콜콜한 대화를 하면 좀 나아졌다. 기질과 성향을 잘 알던 후배와 만나 수다를 떨고 집에 돌아오는 날, 긴 대화 끝 후배의 카톡 문자. "언니, 우리 자연사하자." 말하지 않아도 볼 줄 아는 벗을 두는 건 축복이다.

죽음보다 두려운 건 두 가지다. 하나는 이별, 하나는 알츠하이머병이다. 이별은 나이가 들수록 빈번하게 닥치는 우리의 일상이 된다. 내가 사랑하는 당신(들)이 죽음을 맞이할 때 조배우처럼 생각하며 보내드릴 수는 있지만, 떠나고 난 뒤 상실감은 남은 사람의 몫인데 그걸 잘 감당할 수 있을지는 잘 모르겠다. 깊은 관계일수록 존재의 부재가 더 커질 터이니 아예 관계가 심화되는 걸 애초부터 차단할 수 있다. 하지만 그러면 삶이 너무 외롭고 건조하다. 처절하게 외롭게 살 자신이 있지 않다면야 사랑할 때 사랑하고 헤어지는 순간들을 받아들이는 수

밖에 없다. 죽음으로 좋아하는 사람을 더 볼 수 없으니 언젠가 닥칠 이별의 순간에 후회하지 않게 아낌없이 사랑해 주는 수밖에 없는 노릇이다.

죽음이나 이별은 인간의 의지 혹은 노력 혹은 시간이라는 약으로 치유할 수 있다. 하지만 무엇보다 가장 두려운 순간은 정신적 소멸로 가는 치매를 앓게 되거나 앓게 되는 사람을 보는 일이다. 치매라는 말은 라틴어에서 유래했는데 '정신이 없어진 것'을 의미한다고 한다. 신체적 노화가 진행되어 몸이 여기저기 아픈 건 괴롭고 슬픈 일이지만 자연스럽게 받아들일 수있다. 하지만 치매에 걸린다는 건 이번 생에서 절대 일어나질 않기를 바라는 일이 되었다. 과거도 잃어버리고, 현재도 잃어버리고 당연히 미래도 잃어버리는 비극적인 상태이니 말이다. 내가 되든 사랑하는 당신들이 되든 그 대상이 된다는 생각만 해도 괴롭다. 특히나 생각하기를 좋아하는 나 같은 사람이 그 당사자가 된다는 건 정말 피하고 또 피하고 싶다. 자연사하자고 했던 후배가 20년만 버텨내면 치료약이 나온다며 위로 아닌 위로를 해주었다. 잘 사는 것만큼 잘 죽는 것도 진지하게 성찰하고, 고민해야 할 순간이 더 많아지는 나날이다.

죽음을 대하는 마음과 태도

잘 사는 인생

나이 서른이 되면 뭐라도 번듯한 것이 되어있을
줄 알았다. 낯선 여행지의 어떤 큰 광장에서 각자
의 목적지를 향해서 휘적휘적 잘만 걸어가는 사
람들을 구경만 하는 길 잃은 관광객의 기분으로
서른이 될지 정말 몰랐다.

다른 사람이 인정을 안 해줬다고 해서 나의 노력
이 아무 의미가 없거나 쓸모가 없는 게 아니니 말
이다. 태세가 전환되면 자유롭다. 나의 입장과 실
천만 하면 되니까.

이탈의 역사

미
진

어쩌다 서른 _____

    '내가 가는 이 길이 어디로 가는지'
    '여태 뭐하다 준비도 안 했어, 다 떠나고 없는 아직 출발선'
    '아무도 가르쳐 주지 않아, 이 길이 옳은지 다른 길로 가야
할지'

    쉽게 울지 않는 나를 울리는 법은 간단하다. 제목이 '길'인
노래로만 플레이리스트를 만들어서 귀에 꽂아주는 것이다. 나
이 서른이 되면 뭐라도 번듯하게 되어있을 줄 알았다. 낯선 여행
지의 어떤 큰 광장에서 각자의 목적지를 향해서 휘적휘적 잘만
걸어가는 사람들을 구경만 하는 길 잃은 관광객의 기분으로 서
른이 될지 정말 몰랐다. 아무리 인생이 잠시 왔다가는 여행이라

134
잘 사는 인생

지만, 그리고 내가 계획 없는 여행을 선호한다지만 말이다.

어릴 때부터 가장 대답하기 힘들었던 질문은 계획이나 목표 관련된 것이다. '10년 뒤 내 모습' 이런 것을 말해야 할 때면, '한 치 앞도 모르는 게 인생인걸요?' 너스레를 떨면서 대답을 피해왔다. 이런 회피 화법은 십 대 때나 당돌하고 귀여운 모습으로 먹혔지, 어느 시점이 지난 후부터는 그저 미래 없는 한심한 인간으로 보였을 것이다. 같은 대답에 '그럴 수도 있지 인생 뭐 있니? 그저 하루하루 건강하게 살렴. 미진이는 뭘 해도 잘할 거야.' 라고 했던 사람도, '이제는 정신 차려야 하지 않겠어? 앞으로 어떻게 하려고 그래' 라고 했다. 뭘 해도 잘할 것 같긴 한데, 그래서 뭘 해 먹고 있을지가 그려지지 않는다고들 했다. 그런데 진짜로 당당하게 말할 수 있는 어떤 인생의 목표나 계획이 없다. 나도 내 10년 후가 잘 그려지지 않는다. 마흔의 내 모습?

결승선 미도달 _____

목표를 향해서 질주하는 가장 단순한 행동, 달리기를 완주해 본 경험이 없다. 누가누가 1등을 하나 보다는 예측불가의 아이들을 구경하는 게 더 재미있는 유치원 체육대회에서, 내가 바로 그 웃음을 선사하는 아이였다. 다른 아이들이 결승선을 향해 힘차게 달려갈 때 나는 관중석에 있는 엄마를 향해 설렁설렁 걸어가서 폭 안겼다. 그러고는 관중석에서 터져 나온 웃음소리를 즐기면서 아직 달리고 있는 다른 아이들을 앉아서 구경했다. 엄마가 나를 다시 레인 안으로 밀어 넣고, 선생님이 결승선에서 손을 흔들어도 달리지 않았다. 결국 행사의 원활한 진행을 위해 레인에서 건져질 때까지 그냥 걷거나 서 있었다. 엄마가 없는 중학교 체육 시간에는 조금 더 진화했다. 같이 출발선에 서 있는 친구들을 꼬셔서 손을 잡고 동시에 나란히 걸어 들어갔다. 친구들이 설득되지 않으면 혼자 천천히 걸어갔다. 체육 선생님은 내가 등판할 때면 "얼씨구, 공주님 행차하신다"라고 비꼬고는 했다.

정해진 한 점의 목표까지 그저 달리면 되는 그 단순하고 짧은 상황에서도 다른 즐거움을 발견하거나 만들어내는 것이 나의 재능이라고 생각했다. 어디서부터 그런 착각이 시작되었는지 모르겠지만 완주를 하는 것보다 다른 길을 찾아 헤매는 것이 더 특별한 일이라고 생각했다. 묵묵히 한 곳만 보고 완주하는 아이들이 순종적이고 재미없어 보였다. 유치원 체육대회에서부터 귀여움을 받는 대신 비난을 받고, 혼쭐이 났어야 했을까? 그렇게 착각과 오만 속에서 완주나 성취의 경험을 기억하는 근육은 손실되고, 어떻게든 주어진 길을 이탈하려고 딴짓을 도모하는 잔머리만 비대해졌다.

학창 시절 나에 대한 평가는 태도와 노력에 대한 평가와 결과에 대한 평가가 일치하지 않았다. 한 번 하면 잘할 수 있으면서 안 하는 애, 아무것도 안 하는 것으로 보이는데 뭘 해내긴 하는 애, 어떻게 저 성적을 유지하고 있는지 모르겠는 애, 뭐 이런 식이었다. 눈치가 빨라서 출제자의 의도를 잘 파악하는 편이었다. 그래서 찍기에 소질이 있었고, 서술형은 담당 선생님 맞춤형으로 쓰는 재능이 있었다. 세상이 늘 중학교 시험지 같지는 않을 테니 지금 생각해 보면 부모님과 선생님의 우려가 이만저만이 아니었을 텐데, 열심히 하는 것보다 잘하는 게 미덕이라고 생각했던 나는 전부 칭찬으로 받아들이고 우쭐했다. 그러던 어느 날, 성적이 한 번 크게 뚝 떨어졌다. 대수롭지 않게 생각했다. 이런 날도 있고, 저런 날도 있는 거지. 그리고 여느 날처럼 복도에서 친구들과 매점 간식 까먹으면서 낄낄대고 있었다. 복도 끝에서 한 선생님께서 나에게 또각또각 걸어와서 지금도 잊을 수 없는 딱 한 문장을 귀에 속삭이셨다. "너 한 번은 이렇게 될 줄 알았어."

내가 한 번쯤은 나쁜 결과를 받을 것이라고 예상하고 그 순간을 기다렸던 게 경쟁자인 학급 친구들도 아니고 선생님이라는 것에 큰 충격을 받았다. 서운했다. 그렇게 해야 속이 시원했을 정도로 내 수업 태도가 좋지 못했나 돌아보기도 했다. 말해 뭐해. 수업 시간에 하도 꾸벅꾸벅 졸아서 복도 쪽 창가에 앉는 날이면 지나가던 선생님들도 창문을 열고 내 머리카락을 뽑아 잠을 깨웠다. 나는 지금까지 그마저도 유쾌한 에피소드라고 착각하고 미화하고 있었다. 내가 그냥 똘똘한 애가 아니라 정신 차려야 되는 재수 없는 애로 보였을 수도 있겠다는 부끄러운 생각을 처음 한 것이다. 그런데 그때의 수치심이 삶의 태도를 바꿀 만큼의 큰 계기가 되지는 않았나 보다.

궤도 이탈 _____

처음 태어나서부터 복도에서 선생님의 날 선 귓속말을 듣던 날까지 15년 살았던 만큼을 한 번 더 살았다. 그렇게 서른이 되었다. 그리고 여전히 수많은 이탈이 있었다. 먼저 한국에서 잘 다니던 고등학교를 자퇴했다. 갑작스러운 유학길에 떠나게 되었기 때문이다. 오래 고민하지 않고 어차피 이러나저러나 힘들 것이라면 좀 새로운 데서 힘들어 보겠다며 떠나기로 했다. 그 사이 계절이 바뀌어 친구들은 하복을 입고 다녔는데, 나는 몇 달 뒤 출국하니 새 교복을 사 입지 않겠다며 한여름에도 꾸역꾸역 동복을 입고 등교를 했다. 백 년 넘는 역사와 전통을 자랑하는 학교는 약간의 예외도 허락하지 않았다. 하복을 살 것이 아니라면 동복을 다 갖춰 입고 다니라고 했다. 초여름에 기모 재킷부터 조끼, 스타킹까지. 그렇게 땀 삐질삐질 흘리며 다른 친구들과 다른 온도의 길을 걷는 순간이 재밌었다. 자퇴서를 쓰는 날의 교무실, 내가 유학 계획이 있다는 소식을 못 들은 선생님 한 명이 큰 오해를 하셨는지 들고 있던 서류철로 뒤통수를 내리쳤다.

"적어도 고등학교는 졸업해야지. 자퇴해서 뭐 할라고?"

억울한 마음이 들어서 선생님을 쏘아봤지만 당당하게 대답하지는 못했다. 유학을 가긴 갈 건데, 유학을 가서 무엇을 하겠다는 계획은 없었기 때문이다.

그렇게 목적 없이 떠난 유학의 결과가 당연히 좋을 리가 없었다. 숨만 쉬어도 나가는 게 돈인데 하고 싶은 것도, 이룬 것도 없으니 미칠 지경이었다. 겪어보지도 않은 수능과 대입에 지레 겁을 먹었던 게 아닐까 후회될 정도로 말이다. 비슷한 수준의 학업 능력을 가졌던 친구들이 소위 말하는 명문대에 척척 입학했다. 친구들이 그렇게 인생의 다음 단계로 나아갈 때, 여전히 교복을 입고 노래방이나 쏘다니는 내 처지가 너무 한심했다.

지금도 "유학 갔다 왔으면 영어는 잘하겠어요?"라고 묻는 사람들에게 내가 하는 고정 답변이 있다. "아뇨. 저는 김치 하우스에서 밥 먹고, 강남 스타일에서 술 먹다 와서요." 특히 직장에서 저런 질문을 들었다면 영어를 써야 하는 업무가 쥐어지기 일보 직전이다. 업무를 독박 쓰기 싫고, 밑천이 드러날 게 부끄러워서 진담 반, 농담 반의 장난스러운 말을 툭 던지고 나면 자괴감이 몰려온다. 대체 난 그 멀리까지 가서 뭘 하고 온 거야?

정말 아무것도 안 했다고는 할 수 없다. 저예산 영화가 미국의 하버드를 가지 못할 때 대신 찍는다는 클래식한 분위기의 캠퍼스를 가진 한 대학을 첫 번째로 들어갔다. 미디어 전공을 했는데 교양 수업 시간에 고풍스러운 강의실에서 봉준호 감독의 〈괴물〉을 다 같이 보며 자부심을 느끼기도 했다. 그렇게 어영부영 삼 개월 정도 다녔을 즘의 어느 날, 캠퍼스 벤치 한복판에서 페퍼톤스의 〈공원 여행〉을 듣다가 엉엉 울고 자퇴를 결심했다. 그 바로 다음 해 첫 번째 대학과는 반대로 아주 작은 캠퍼스지만 토론토 시내 한복판에 위치한 미대를 두 번째로 입학했다. 한국인도 정말 많았고, 그래서 한국의 대학 문화를 간접 체험할 수 있었다. 세금 왕창 붙은 소주도 콸콸 마시며 즐거운 도시의 삶을 살던 어느 날, 한국에 있는 가족들을 잠시 보고 돌아오겠다고 귀국해서 지금까지 토론토에 돌아가지 않고 있다. 그 잠시가 이제 8년이 넘어가고 있다.

뭔가를 분명 하긴 했다. 그저 예쁜 캠퍼스에서 예쁜 노래를 듣는 순간이 전혀 예쁘게 느껴지지 않았고, 친구들과 신나게 놀고 마시던 도시의 생활이 그렇게 신나지 않아서였다. 주어진 환경과 내 기분 사이의 괴리를 견딜 수 없을 때마다 다른 길을 찾아 나섰을 뿐이다. 그렇게 이탈하기를 반복해서 지금의 나로 지금 이곳에 서 있다. 적어도 지금은 잠들 때마다 가위에 눌리지 않는다. 재미가 너무 없어서 차라리 세상에서 사라지는 게 낫겠다고 생각하지 않는다. 기껏해야 화장실 끝 칸에서 영어 공부를 하면서 머리를 통통 쥐어박는 정도다.

이게 최선인지는 여전히 잘 모르겠지만, 어쨌든 조금은 더 재미있고, 편안하다. 외부 환경과 나의 능력과 지금의 기분이 완벽히 딱 맞는 순간이 많지는 않겠지만, 그래도 더 나은 어떤 것을 찾아 헤매고 조금은 부유하는 것도 괜찮지 않을까? 인생이 경주가 아니라 여행이라면 말이다. 더 재밌는 곳을 발견한다면 언제든 다시 방향을 틀 준비가 되어있다. 다시 또 사람들이 바삐 움직이는 광장 한가운데서 혼자 god, 폴킴, 김윤아의 〈길〉을 들으며 눈물짓는 순간이 잠시 오더라도.

안녕한, 삶

은
아

내겐 너무 어려운 인생 주제 _____

난감하다. 같이 이야기해 보기로 하고 소재를 정할 때만 하더라도 우리가 살면서 자주 고민하던 주제들이니 쓰기 어렵지 않을 거라고 했건만, 열 개의 인생 질문 중 난이도가 내게 가장 높다. '인생을 잘 산다는 것', '인생'이라는 단어도 거창하고 심오한데다 '잘'도 사람마다 주관적으로 인식하는 수준이 다른데 대체 무슨 자신감으로 쓰자고 했을까 후회가 되었다. 힘들면 빠르게 포기하는 것도 방법이니 이 주제는 건너뛰고 가보자고 하려다 정작 권 후배는 다른 주제로 진도를 못 나간다는 말을 듣고 건너뛸 생각을 바로 버렸다.

다시 써보기로 하고 책상 앞에 앉기를 여러 날. 하지만 며

143
안녕한, 삶

칠째 단 한 줄도 쓰질 못했다. 복잡하고 어렵게 생각할수록 미궁에 더 빠지는 법이다. 쉽게 그리고 할 수 있는 말만 써보자 하고 물 한잔하고 다시 자리에 앉았다. 잘 모르겠을 때는 처음으로 다시 돌아가면 실마리가 보이곤 하니, 애초 이 책을 쓰게 된 이유를 생각해 봤다. 살면서 갖게 되는 질문들에 대해 자기 나름의 정의를 내려 보고자 시작했다. 애초부터 정답은 없다. 사람마다 지향하는 삶의 방향이 다르고 가치관이 다르고 시대적 배경이 다르니까 말이다. 50대를 목전에 둔, 어딘가에 소속된 직장인이 아니라 자영업자로 지내는 내가 현재 시점에서 고심해서 풀어내면 그만이었다.

생긴 대로 살면 편하다. 내가 어떤 사람인지 알면 방법을 찾기가 쉬워진다. 별자리, 혈액형 이후 MBTI는 사람의 성향을 이해하는데 유용한 떠오르는 성격 유형 지표다. 절대적으로 신봉하지는 않지만 한 사람의 패턴이나 유형을 알면 굳이 설명하지 않아도 이해되는 측면이 많아 만나는 사람에게 물어보고 참고하는 편이다. 교육이나 환경의 영향을 받기 전 잠재된 선천적 심리 경향에 가깝다. 생활의 패턴을 나타내는 지표로 J(Judging, 판단형)와 P(Perceiving, 인식형)가 있는데, 나는 J 성향이 강하다. 파워 J까지는 아니어도 J 기질이 다분하다.

나는 계획을 세우고 차근차근 계획을 실천하기를 선호한다. 분명한 목적과 방향이 있고 마감 기한을 설정하고 체계적으로 일 처리를 하는 걸 좋아한다. "인생을 잘 산다는 것"에 대해서도 J답게 정의 내려 보고 지극히 사적인 체크리스트를 만들어보기로 했다. 어떻게 정리할지 방향을 잡으니 마음이 편안하다. 역시 난 J다. 파워 P들을 보니 그때그때 상황에 맞게 대응해가도 일이 되어가는 걸 보고 P처럼 행동해 보려 노력도 해봤지만, 좋아하는 '준비'를 안 하고 있으려니 불안해져서 그게 더 힘들었다. 안 하는 것보다 뭐라도 준비를 해놓는 게 편한 사람인 걸 받아들였다. 이번 참에 J답게 인생 질문을 위해 정리를 해본다.

일단 정의부터 내려 보면 잘 사는 인생이란 안녕한 삶이다. 우리가 늘 별 뜻 없이 쓰는 안녕이라는 인사말의 의미 말고도 '아무 탈 없이 편안하다'는 깊은 뜻이 있다. 안녕의 한자도 安寧으로 편안하다는 뜻을 가진 '안'과 '녕(영)'으로 '편안하고 편안하다'는 의미다. 편하고 걱정 없는 삶을 살고 있다면 인생을 잘 살고 있다는 뜻인 거다. 어딘가 불편하고 마음에 걸리는 게 있다면 현재의 삶에 보정이 필요하다는 의미가 된다. 나에게 불편함을 주는 대상을 줄이고 걱정을 끼치는 요인을 생활에서 제거하면 '잘 사는 삶'이라는 의미가 되는 거다. 그러고 보면 '안녕하세요.'라는 인사에는 상대의 평온을 비는 애틋한 기원이 담겨있었다. 가벼운 인사지만 진심으로 마음을 표현해야겠다는 생각이 든다.

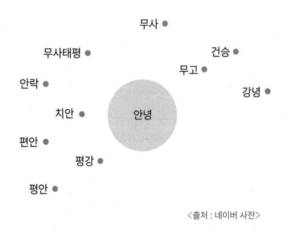

<출처 : 네이버 사전>

(사전을 찾아보기를 즐기는데 '안녕'의 유의어가 이렇게 많았다.)

지극히 사적으로 안녕한 삶을 위한 체크리스트 _____

그렇다면 불편함과 걱정을 어떻게 다뤄야 줄일 수 있을까? 내게 근심을 주는 요인이 무엇일까? 누군가에는 생계의 유지에 필요한 경제적 자유가 부족해 불편하고 누군가는 넘치는 부에 대한 탐욕으로 발생하는 분쟁으로 걱정이 끊이질 않는다. 회사 다니면 시간을 조직화하는데 유용한 여러 틀을 배운다. 조직이라는 게 목표를 달성하기 위해 만든 것이라 계획 세우기, 실행하기, 그리고 결과물을 평가해 부족한 점 보완하기를 무한 반복한다. 여기서 자주 활용되는 것이 체크리스트다. 잘 가고 있는지 방향 점검의 의미가 있는데, 사회생활에서 배운 툴(tool)을 지극히 사적인 삶에 접목해 본다.

☑ 과거도 미래도 아닌 지금 여기에 몰입하고 있는가?

아침에 일어나면 눈뜨고 가장 먼저 하는 일은 오늘의 몸과 정신 상태를 살피는 것이다. 몸은 간단한 스트레칭 동작으로 확인한다. 아 오늘은 허리가 아프군. 며칠 전 행사 준비한다고 무거운 걸 들어서 그런가? 아니면 책상에 앉아 보고서 쓴다고 낑낑거려서 그런가? 원인이 될만한 요인들을 살펴보고는 나름대로 진단을 내린다. 아무래도 한 자세로 오래 있어서 몸이 굳어서인 것 같으니 스트레칭과 운동을 더 자주 하자 생각한다. 이번에는 정신과 기분을 들여다본다. 보통은 별생각 없다. 하지만 어떤 날은 기분이 좋지 않다.

왜 이런 불쾌한 기분이 드는지 마음을 더 들여다본다. 이 기분을 없애주지 않으면 하루가 암울하게 마무리되기 십 상이다. 평소 같으면 무심히 넘겼을 상사의 농담도 그날은 치명적으로 다가와 상사에게는 별말 못 하다가 아무 상관 없는 옆자리 동료에게 버럭 화내거나 해서 불똥이 튈 수 있 다. 기분이 태도가 되어 어이없는 참사가 일어나기도 한다. 근데 희한하게 불안함이나 불쾌함, 부정적인 감정은 원인이 여기 이 순간에 있지 않다. 과거에 일어났던 어떤 사건이나 불미스러운 일에 대한 감정의 여운이 아직 채 사라지고 있 지 않았거나 일어날지 안 일어날지 모르는 사건(갑자기 기억 을 잃어버린다거나 열심히는 살았으나 부족한 노후대비로 생계유지가 안 된다거나 등)으로 불안감이 증폭되는 것이다. 과거는 시간 을 두고 흘려버리는 게 자연스러운 일이고 올지 안 올지 모 를 디스토피아적 상황에 대해 근심을 당겨서 한들 나는 현 재에 있으니 오직 대비하는 일 말고는 할 게 없다는 걸 받아 들이면 평온한 마음이 드는데 그게 잘 안된다. 알면서도. 과 거도 아니고 미래도 아닌 바로 지금 여기, 이곳에 집중해야 오늘을 즐겁게 살 수 있는데 말이다.

☑ 내 인생이 나의 것인가?

예전에 어떤 선배가 내게 "너의 매력이 뭐냐?"라고 물은 적이 있다. 그때 무슨 연유로 그랬는지 모르겠는데 질문을 듣자마자 "유용함? Usefulness?"라며 대답한 적이 있다. 대답을 들은 선배는 전혀 의외의 대답을 해서인지 웃음을 터트렸고 그때의 난 진심으로 내가 유용성 혹은 사용 가능성이 있다고 스스로 자부했다. 나라는 인간의 존재가치는 누군가에게 쓸모가 있어야 하는 게 전제조건이었다. 학교에서 요구하는 시험 성적을 잘 받는 학생이 바로 나서서 뿌듯했다. 회사 다니면서는 여럿이 함께하는 협업의 과정을 잘 꾸려가 회사가 원하는 목표를 잘 달성해 내는 데 도움이 되는 사람이 되려고 노력했다.

정리를 좋아하고 체계를 잡고 실천해 내는 걸 좋아하는 성향 덕에 어디서든 유용한 사람이 되었다. 내 몸과 영혼을 담아 일을 추진해 내지만 평가는 내가 아닌 내 유용함을 활용하는 사람에게서 나왔다. 사람들의 긍정적인 평가 혹은 시선이 나를 앞으로 가게 한 주 원동력이었다. 회사에서는 상시 평가 시스템을 가동해서 내가 잘하고 있는지 알 수 있었다. 초보 자영업자는 목표도 결과도 오롯이 자기 몫이다. 스스로 일감을 만들어 내지 않으면 일이 없다. 나에게 일을 주겠다고 파트너들이 줄을 서고 있지도 않다. 회사 다닐 때야 일이 없으면 좋고 즐겁다. 일을 못하면 평가는 나빠도 월급이 들어오지만. 자영업자에게 일이 없다는 건 생존에 문제가 생긴다는 신호다. 이러다 아무도 날 찾지 않고 나에 대한 사용 가치가 없어지면 어쩌지 하는 생각이 든다. 슬슬 마음이 불안하고 불편해지기 시작한다.

'인정=존재가치 있음'이었는데, 누군가에게 인정받을 일이 없어지니 '나는 아무것도 아니고 필요 없는 사람인가.'까지로 비약이 시작된다. 지금이야 일을 맡기려고 사람들이 나를 찾지만 나이가 한참 더 들어서 나를 원하는 사람이 없어지면 나의 존재가치는 없어지는 건가 하는 생각이 들었다. 아무도 날 찾지 않고 아무도 나를 활용하지 않는다면 나는 이 세상에 필요 없는 사람이 되는 건가. 타인을 향한 끊임없는 인정 투쟁과 구애는 계속된다. 하지만 이 싸움에서 승자는 언제나 내가 될 수가 없다. 주도권이 평가하는 심판에게 있는데 당사자이자 피평가자가 무슨 힘이 있겠는가 말이다. 해도 해도 질 수밖에 없는 싸움에서 이기는 방법은 나와 상대의 위치 전환, 판을 바꾸는 수밖에 없다. 상대에게 유용해야 내가 가치가 있고 쓸모가 있다고 여기는 것이 아니라, 내가 주체가 되어 서비스를 제공하는 상대에게 어떤 행동의 계기 혹은 영향을 끼치는 것으로도 충분하다고 마음을 바꿔본다. 상대가 유용하다고 판단하든 안 하는 건 그건 그 사람의 영역이다.

중요한 건 내가 만든 판에서 내가 나를 던졌으니 그걸로 되었다고 주체적으로 사고하고 행동하는 일이다. 시선이 나로부터인지 혹은 타인으로부터 인지가 뭐 대수냐 싶지만 누가 주도권을 갖고 있느냐는 큰 차이가 있다. 내 인생이고 나의 노력인데 그 평가를 다른 사람이 해줘야 유의미 하다는 건 억울하지 않나. 다른 사람이 인정을 안 해줬다고 해서 나의 노력이 아무 의미가 없거나 쓸모가 없는 게 아니니 말이다. 태세가 전환되면 자유롭다. 나의 입장과 실천만 하면 되니까. 철학자들이 소리 높여 외쳤던 내 인생의 주인공이 내가 된다면 그것이 바로 부처라는 말이 이 말이었나 보다.

얼마 전 〈어른 김장하〉라는 다큐멘터리를 봤다. 프로그램에 감명받아 취재를 담당했던 김주완 기자가 취재 후일담 형식으로 펴낸 《줬으면 그만이지》라는 책을 보다가 시 한 편을 발견했다. 짧은 시지만 내가 내 인생의 주인공으로 살아가는 '안녕한 삶'을 표현하고 있었다.

사부작 꼼지락

-달팽이에게-

사부작거리는 게 네 장점이야

있는 듯 없는 듯 꼼지락꼼지락

거리는 것만으로도 아무렴

살아가는 충분한 이유가 되고도 남지

사부작사부작

꼼지락꼼지락

황홀해

눈부셔

-박노정 시인의 시집 『운주사』

진주 지역에서 개인재산을 털어 평생에 걸쳐 학교 설립, 문화 예술 후원, 시민운동, 환경 운동, 장학 사업 등의 좋은 일을 하셨지만, 당신이 드러나는 자리에는 일절 나서질 않으셨다. 하고자 하는 일에 꼭 필요한 자리에만 나섰으니 자기를 조금이라도 빛나게 하려고 분투하는 현대인의 눈으로는 이해 불가의 인물임이 틀림없다. 누가 뭐라고 하건 말건 베풀고 내어 줘서 역설적이게도 더 충만한 삶을 살고 계신 어른의 삶은 참으로

멋지고 근사하다. 장하 어르신의 일상은 아마 편안하고 편안하
게 안녕하시리라.

부모님, 그리고 나

부담감은 나를 한 발도 못 움직이게 한다. 내 가장 큰 두려움은 언젠가 받은 만큼 베풀지 못하는 날이 오는 것이다.

내 삶이 잘못된 게 아니고 부모님의 기대와는 다른 방향일 뿐인데도 자꾸 바라는 방향과는 반대로 가는 자체가 문제가 있다고 자책했다.

관계는 밸런스 게임

미
진

복수 선택 불가 _____

24시간 시도 때도 없이 시시콜콜한 잡담이 오가는 단톡방이 있다. 서로를 소통 중독이라고 부르는 친구들이 모인 단톡방은 정말 한시도 쉬지 않고 알람이 울린다. 단골 소재는 두 가지 선택지 중 딱 하나만 골라야 하는 밸런스 게임인데, 뭐 이런 식이다.

월 200만 원 받는 백수 하기	vs	월 500만 원 받는 직장인 하기
슈퍼스타랑 연애해 보고 전국적으로 욕먹기	vs	그냥 평온하게 살기
내가 회사의 유일한 희망	vs	나 빼고 다 천재라서 자괴감 느끼기
내가 1억을 받으면 제일 싫어하는 사람한테 10억이 생긴다면, 받기	vs	안 받기

나는 당연하다고 생각하고 고른 쪽에 다른 친구는 소스라치게 놀라면서 시작되는 토론 한 판이면 시간이 어떻게 가는지도 모른다. 가치관이나 성향이 나름 비슷하다고 생각했던 컴포트존(Comfort zone)에 있었던 친구들인데도, 나와 반대되는 선택에 열변을 토할 때 새삼 사람들의 생각이 얼마나 다양한지를 다시 한번 깨닫게 된다. 하여튼 그렇게 일어나지도 않은 사건과 시간을 상상하면서 진짜 일상의 지루함을 견딘다. 망상이 잦은 것을 보니 우리는 역시 MBTI의 N(Intuitive, 직관형) 유형이 확실하다며, MBTI 토크로 넘어가면 반나절은 그냥 뚝딱 사라진다. 인터넷에서 퍼 오고, 그때그때 떠오르는 생각으로 직접 만들고 했던 수많은 밸런스 게임 주제 중 아직도 곱씹게 되고, 몇 초에 한 번씩 선택을 번복하게 되는 게 있다.

때는 중요한 시험을 앞두고 있는 어느 날이다. 시험은 절대평가로 치러진다.

내 책상을 깨끗하게 정리해 주려다가 노트에 물을 쏟은 철수	VS	내 노트를 몰래 사진 찍어 간 영수

그러니까 악의가 있지만 나에게 직접적인 피해를 주지 않

은 영수와 선의의 행동이었지만 결과적으로 나에게 피해를 끼친 철수 중 누가 더 낫냐는 것인데… 정의와 상식에 조금이라도 더 가까워야 한다고 생각하는 나의 머리는 남의 노력을 훔치려 했던 악의의 영수를 제치고, 좋은 사람인 철수를 선택해야 한다고 한다. 하지만 내 안 깊은 곳 솔직한 마음은 선뜻 결정을 내리지 못한다. 실제 상황이라고 상상했을 때, 누구에게 더 화가 날까? 철수에게 화를 내지 않을 수 있을까? 그리고 종이 노트가 아니라 노트북이었다면, 월급 모아 구매한 내 맥북이었다면? 더 화가 날 것 같은데, 그래도 되는 걸까?

물론 철수에게 공감하는 것도 가능하다. 얼마나 미안하고 억울하고 속상할 것인가. 중요한 시험을 앞둔 친구의 정신없게 어질러진 책상을 정리해 주면 조금이라도 도움이 될까, 좋은 마음으로 시작한 일일 텐데. 하필 물이 쏟아져 버렸고 이제 친구와의 관계가 상할까 전전긍긍하고 있어야 한다. 전전긍긍의 시간이 길어지면 울컥울컥 화가 날 수도 있을 것 같다. 선의를 먼저 알아봐 주지 못하고 결과에만 집착하는 친구에게 실망할 수도 있고 말이다.

철수와 엄마의 마음 _____

　나는 철수와 엉망진창인 책상의 주인을 떠올리며, 부모님과 나의 관계를 생각했다. 나는 정리를 정말 못 한다. 더러운 책상의 주인이 바로 나다. 내 책상은 늘 지저분하고, 핸드폰의 앱이나 컴퓨터의 파일들 역시 그냥 바탕화면이나 다운로드 폴더에 대충 널브러져 있다. 그래도 필요한 물건과 파일은 바로 바로 찾아야 하는 급한 성격이니까, 체득한 여러 가지 방법이 있다. 몸으로 기억하는 것이다. 내가 어떻게 움직여서 어디에 무엇을 놓았는지를 기억하면 보지 않고도 책상 위 쓰레기 더미에서 작은 OTP를 쏙 꺼낼 수 있다. 컴퓨터에서는 파일명을 중심으로 버전 관리를 꼼꼼히 해둔다. 어디에 들어가 있던 검색으로 쏙 발굴해 낼 수 있게 말이다. 폴더 분류가 아닌 검색 분류로 파일을 정리하는 법이 MZ세대의 특징이라는 이야기를 들었을 때 나만 이런 건 아니구나 어딘가 안심이 되기도 했다.

　반면 나의 부모님은 지저분한 책상에서도 생산적인 일이 가능하다는 나의 경험을 부정했다. 그리고 변덕스럽게 찾아오는 나의 우울감이 더러운 책상 때문일 것이라고 우려했다. 그래서 책상을 치워주시곤 했다. 마치 철수처럼. 초등학생 시절,

거칠거칠한 학교 나무 책상 표면 때문에 손가락에 가시가 박히곤 했을 때부터 나는 책상 정리를 못 했다. 내 이전에 이 책상을 썼을 사람들의 낙서와 내가 붙여놓은 껌 은박지가 공존하는 작고 낡은 책상을 쓸 때, 책상만큼 작은 서랍도 끝없는 카오스로 만들던 나였다. 학부모가 교실에 출입하는 게 큰 눈총을 받지 않을 나이까지 엄마는 학교에 쫓아와서 내 책상 속을 정리해 주었다. 그리고 내가 성인이 되어서도 자취방을 쫓아다니면서 책상과 냉장고 속을 정리해 주었다.

문제는 쓰레기의 판단은 주관적이라는 것이다. 내가 공연 기획자인지 프로덕션 경리인지 헷갈릴 만큼, 일당백을 해야 하는 열악한 공연 기획자는 큰 뭉치의 영수증을 이고지고 다녔어야 했다. 또 엄마는 비싸고 소중한 물건을 아끼지만, 나는 아끼면 똥 된다 주의여서 좋고 비싼 것일수록 더욱 닳고 닳도록 사용했다. 그리고 내 흥미를 끌지 않는 물건은 포장도 풀지 않고 그대로 둔다. 냉장고 속의 소스들도 해외에서 직구한 물건값보다 배송비가 더 큰 애들은 한껏 먹고, 맛이 궁금하지 않은 평범한 친구들은 남겨두었다. 그런데 엄마가 다녀간 날이면 영수증 더미, 선물 받은 소품, 해외에서 날아온 소스들이 사라지는 것이다. 그리고 나에게 중요하지 않고, 흥미를 끌지 않는 그저 새

것처럼 보이기만 하는 물건들만 남는다.

내 공간에서 사라진 것들 때문에 슬퍼하고 있노라면 당연히 엄마도 미안해했다. 그리고 얼마 지나지 않아 그렇게 진작 잘 좀 치우고 살지 그랬냐고 화를 내기도, 본인이 직접 해줘 버릇해서 네가 기본도 못하는 아이로 자란 것 아니냐며 자책을 하기도 했다. 그러고는 다시는 먼저 나서지 않겠노라며 등을 돌렸다. 어떻게 대꾸해야 할지 몰라 한숨 자고 일어나면 머리맡에 사라졌던 물건이 돌아와 있었다. 쓰레기통을 뒤져서 찾아왔다는 것이다. 언제 짜증을 냈냐는 듯 구출된 물건을 짜잔 내놓으면서 뿌듯하게 웃는 엄마를 보면 뒤늦게 울컥 화가 올라왔다. 그까짓 거 때문에 쓰레기통 뒤지는 짓을 왜 하냐고, 나보고 대체 어쩌라는 거냐고 소리를 질렀다. 어긋난 감정은 늘 베드엔딩을 만든다.

결국 밸런스 게임 ──────

해피 엔딩을 만드는 방법은 간단하다. 내가 결과와 상관없이 철수와 엄마의 선의에 감사함을 넉넉하게 표현하면 된다. 알고 있는데 잘되지 않는다. 가끔 상상력이 더 풍부한 친구들

은 철수가 책상을 치워준 의도가 선하지 않을 수도 있지 않겠
냐는 의심을 더했다. 철수가 내 시험을 망치려고 일부러 책상
을 치워주는 척 물을 쏟아버린 것 아니겠냐고 말이다. 철수의
속마음은 알 수 없지만, 엄마의 의도는 의심할 여지 없이 선의
였을 것이다. 나에 대한 엄마의 말과 행동은 거의 선의에서 비
롯된 것일 것이다. 모성애와 부성애가 자식이 생겼다고 자동
탑재되는 것은 아니라고 생각하지만, 나의 부모님은 방식이야
어찌 됐든 자식에 대한 사랑이 넘치시는 분들이다. 내가 다른
생명체에게 부모님만큼의 사랑을 베풀 자신이 없어서, 나는 태
어나서 한 번도 반려동물을 키우고 싶다거나 자식을 갖고 싶다
고 말한 적이 없을 정도다. 덕분에 나는 밖에 나가서 여유로워
보인다, 사랑받은 태가 난다는 소리를 자주 듣곤 했다.

유복한 가정에서 자랐지만 부모의 사랑과 관심을 크게 못
받은 남자와 넉넉하진 않지만 오빠 셋의 사랑은 듬뿍 받고 자
란 여자의 결혼. 이제는 드라마로 나오면 지긋지긋한 클리셰라
고 욕먹을 이야기가 바로 우리 엄마 아빠의 이야기다. 그래서
둘은 나에게 돈도 사랑도 부족하지 않도록, 각자의 결핍을 나
는 절대 느끼지 않도록 그게 무엇이든 충분하게 베풀었다. 그
리고 자식과 관련된 일이라면 누구보다 당사자인 나보다도 더

빠르게 발 벗고 나섰다. 기쁜 일에는 당사자인 나보다 더 큰 소리로 기뻐해 줬고, 슬픈 일에는 나보다 더 좌절해 주었다. 어쨌든 부족할 것이 없게 키웠는데도 방황하고, 어디 한군데 진득하니 자리 잡지 못하고, 수시로 바락바락 대드는 딸을 보고 있자니 속상하고 억울할 만도 할 것 같다. 언젠가 엄마는 본인이 내가 되고 싶다며 나를 붙들고 울기도 하셨다. 나도 할 수만 있다면 엄마에게 내 삶을 내어 주고 싶었다.

부담감은 나를 한 발도 못 움직이게 한다. 촘촘한 계획이나 큰 선물을 별로 좋아하지 않는 이유이기도 하다. 부담 없는 깔끔한 관계를 위해서는 주지도 받지도 않고, 마음이 동해 준 것은 돌려받을 생각하지 않는 편이 속 편하다고 생각하는 편이다. 내 가장 큰 두려움은 언젠가 받은 만큼 베풀지 못하는 날이 오는 것이다. 엄마는 나중에 우리가 크면 어떻게 갚을 것이냐고 종종 묻고는 했다. 남동생은 보석 달린 긴 치마를 선물해서 엄마가 필요할 때 하나씩 떼서 사용할 수 있게 해줄 것이라고 했다. 하여튼 난놈. 나는 그때 가서 봐야 알 것 같다고, 내 능력이 미치지 못할 수도 있으니 큰 기대는 말라고 했다가 하여튼 쌀쌀맞다는 소리를 들었다.

어디 가서 융통성 없고 매정하다는 소리를 듣지는 않는 편인데, 집에서는 왜 이러는지. 작은 표현 하나를 쉽게 하지 못한다. 내가 영수와 철수 중에 쉽게 고르지 못하는 사람이라 그럴 것이다. 부모님이 나를 위해 한 선택이 어떤 결과로 이어졌는지를 먼저 따져보게 된다. 엄마가 그 셈의 찰나를 서운해 한다는 것을 알고 있다. 또 잠시의 관계 개선을 위해 실제 내가 아닌 모습을 보여줘야 한다든지, 내가 잘 하지 않는 말을 하는 것이 쉽지 않다. 한번 보고 말 사이라면 살짝 부끄러워도 목소리도 바꾸고, 표정도 바꿀 수 있는데 말이다. 엄마는 내가 업무차 하는 통화, 특히 주로 컴플레인에 응대할 때 목소리와 본인을 대할 때의 목소리가 다르다고 서운해하기도 했다. 네가 일할 때 반만큼만 친절하게 부모를 대하면 좋을 것 같다고.

아빠는 다른 것은 기대하지 않을 테니 효만 다해달라고 했다. 다만 아빠의 효는 부모가 흑을 보고 백이라고 했을 때, "예, 맞습니다 저것은 백입니다."라고 해주는 것이 효라고 했다. 나는 동의하지 않는다고 했다. 아빠가 흑을 보고 백이라고 한다면 안과에 모시고 가던지, 치매 검사를 받아보게 할 것이라고 했다. 아빠가 눈이 멀어있는 꼴을 가만히 지켜보고 있진 않겠다고, 똑바로 볼 때까지 옆에서 저건 흑이라고 말해줄 것이라고 했다. 그게 내 효도라고. 아빠가 네가 틀리게 보고 있는 걸수도 있지 않냐고 하길래, 그럼 아빠도 내가 제대로 볼 때까지말해주라고 했다. 그럼 뭐 계속 싸우자는 거야? 결국 아빠의 의문만 키우고 설득시키지 못했다.

아빠는 그렇게 네가 늘 옳은 말만 할 것이라면, 이제부터 아빠가 의지할 수 있게 해달라며 백기를 들었다. 책임감을 분담하자고 말이다. 아빠는 동네에서 소문난 동안이었다. 그리고 옷도(나는 LA 양아치 룩이라고 부르긴 하지만) 자유분방하게 입고 다녔다. 아빠는 본인이 나이답지 않게 젊게 산다는 것에 자부심이있던 사람이다. 그런 식으로 항상 부정해오던 사실, 본인은 늙었고 자식들이 사회의 주류에 가까워졌다는 사실을 갑작스럽게 인정해버린 것이다. 엄마 역시 자식을 위해 한 선택들이 결과까지 미치지 않았다면, 이제 절대 나서서 선택하지 않겠다고선언했다. 이렇게 서른이 되고 경제적이고 정신적인 독립을 요구받았다. 관계 아니 인생은 정말 극악의 밸런스 게임이다. 자유와 책임의 밸런스 게임. 이번에도 고르기 어렵다.

마음의 통역기

은
아

너와 나의 적당한 거리 _____

가끔 그런 상상을 해본 적이 있다. 뜬금없지만 내 인생에서 부모님이 곁에 안 계시고 오롯이 혼자만의 삶을 꾸리게 된다면 과연 지금의 내 모습, 내 인생은 어떤 모습일까 하고. 지금과 다른 모습일까 아니면 대략 비슷한 모양일까? 그만큼 한 사람에 끼친 부모의 영향은 지대하다. 특히나 나의 경우엔. 세상의 풍파를 막아주고 곁을 지켜주신 부모님 덕분에 온화하고 안정적인 사람이 되었다. 하지만 든든한 보호막 아래 다른 사람들보다 오래 있어서인지 이게 내가 원해서 이 모습인지 부모님이 바라는 모습인지 헷갈릴 때가 있다. 사랑하지만 생판 모르는 남과는 다른 꽤 섬세하고 긴밀하고 끈적끈적한 사이라서 관계 맺기가 더 어려운 부모와 자식 사이에 관해 이야기할 때가 왔다. 언젠가 한번은 말하려던 주제지만 막상 시작하면 내가 어디까지 쓸 수 있을지는 예측을 잘 못 하겠다.

대상이 무엇이냐에 상관없이 대상과 잘 지내는 나만의 비법은 거리 두기다. 거리를 둔다고 하면 정 없이 보이는데 다르게 표현하면 거리 조절을 잘하는 것이다. 나와 상대의 마음 보호막을 침범하지 않을 정도의 거리를 유지하는 것이 관건이다. 법적 제도적으로 상대와의 거리가 이미 정해져 있는 세계가 있었다면 인생 살기가 참 쉬웠을 것이다. 내 보호막의 두께와 내가 안심하는 상대와의 거리, 상대의 보호막의 두께와 상대가 안심하게 느껴 보이는 거리를 알아서 계산해서 정해주니 말이다. 안타깝게도 아름다운 거리는 누구도 정해주지 않는다. 각자의 판단에 달려있다.

두 번째 방법은 역지사지(易地思之)다. 상대편의 처지나 입장에서 한번 생각해 보고 이해해 보려고 행동하면 다른 사람에게 마음의 상처를 덜 낼 수 있다. 문화 예술계 내에 여러 번의 이직을 통해 다양한 입장에서 일을 해봐서 역지사지 마인드가 잘 장착되었다. 비법이지만 여기에도 함정이 있다. 긍정적으로 발현될 때야 상대를 이해할 줄 아는 아량 있는 사람이 되지만,

갈등이 첨예한 상황에서 역지사지의 태도는 당신의 선한 의도와 정체성을 의심받을 수 있다. 당신 말도 맞고 상대의 말도 일리가 있다고 하는 너는 대체 누구의 편인 거니 라면서 말이다. 거리 두기와 역지사지가 통하지 않는 유일한 대상이 바로 부모님이다. 사람을 상대하는 일이 업무의 절반도 넘는 일터에서야 만능 비법으로 일 잘하고 관계 맺기에 능숙한 사람이라는 평가를 받았다. 그렇지만 부모님과의 관계에서는 글쎄다. 하늘이 맺어준 인연인 두 분과의 거리 조절은 애초 불가의 영역이다. 지극한 내리사랑의 신성한 영역을 어찌 자의적으로 짐작하고 이해할 수 있을까?

기대와 바람 사이 그 어딘가 _____

내가 태어난 해에 아빠는 고작 스물일곱 살, 엄마는 스물세 살이었다. 찬란한 이십 대였다. 천방지축으로 세계를 헤집고 다녀야 할 나이에 두 분은 부모가 되었다. 섬세한 아빠와 생활력 강한 엄마 덕에 정서적으로나 물질적으로 부족함 없이 자랐다. 내 기억으로는 대학을 졸업하기 전까지는 두 분의 사랑과 기대에 미치지 않은 적이 없었다. 몸이 약해 병치레가 잦았던 것 말고는 두 분을 크게 속상하게 한 적은 없었다. 몸살을 앓는다는 사춘기도 조용히 지나갔다. 그러다가 대학교 졸업하고 일을 하게 되면서 인생 사춘기가 세게 왔다. 나라는 사람과 인생에 대해 진지하게 고민하기 시작하면서 혼연일체였던 우리의 틈새가 벌어지기 시작했다. 자식이 걸어갔으면 하는 방향과 기대가 있었으나 딸의 선택은 늘 예상 밖이었다. 때가 되면 취업에 성공해 누가 봐도 알 만한 번듯한 회사에 들어가고, 반듯한 사람과 결혼해서 사는 삶을 바라셨다. 저 좋은 일 하다가도 세상 무서운 줄 알고 정신 차리고 제자리로 돌아갈 줄 아셨던 것 같다. 잠시 경로를 이탈하다가 자리를 찾을 것이라 기대하셨지만 대학 졸업하고 벗어난 경로는 여전히 이탈한 상태다.

부모님이 내게 바란 건 내가 손해를 보더라도 양보하며 더불어 잘 사는 사람이었다. 넓은 세상에 나가 다른 사람을 도울 수 있는 사회적으로 큰 역할을 하는 사람이 되길 바라셨지만 딸은 재미가 중요한 사람이었다. 의미 있는 일을 하더라도 재미가 없으면 지속하지 못했다. 딸은 어지러운 세상의 문제를 조용히 해결해 주고는 표표히 사라지는 숨은 고수를 멋지다고 생각했다. 많은 사람 앞에서 멋짐을 뽐내며 카리스마를 발휘하는 삶과 숨은 고수의 삶만큼의 차이, 그게 바로 부모님이 내게 가진 기대와 실제 값의 차이였다. 한편으로는 부모님의 사랑과 기대에도 제값 해야 한다고 생각은 하면서도 실천은 늘 부족했다. 생일날 아침이면 부모님과 함께 집에서 직접 만든 떡에 초를 꽂고 정갈한 생일상을 앞에 두고 축하 노래를 같이 불렀다. 그때마다 속으로 내가 기대에 미치지 못해왔는데 이런 정성스러운 생일상을 받을 자격이 되나 생각했다. 그러면서 언젠가는 호강시켜 드리겠다고 다짐도 하지만, 성공은 요원해 보인다.

밖에 나가서는 뭐든 능숙하게 잘 해내는 사람이라고 평가받았으나 실속 없이 나이만 먹고 있는 게 아닌가 반성했다. 속내를 잘 못 숨기는 엄마와 속내를 잘 못 비추는 딸의 사이는 냉탕과 온탕을 자주 왔다 갔다가 했다. 실리가 중요한 사람과 명분이 중요한 사람만큼의 차이. 내 삶이 잘못된 게 아니고 부모님의 기대와는 다른 방향일 뿐인데도 자꾸 바라는 방향과는 반대로 가는 자체가 문제가 있다고 자책했다. 생각지도 못한 평가를 다른 사람으로부터 받았다면 거리 조절 신공을 발휘해 "그래 그건 네 생각!"하고 받아넘겼을 거다. 하지만 부모님에게는 통하질 않았다.

마음을 잘 전달하는 방법 _____

　서로 다른 인격체라서 독립적으로 사고하고 행동해야 한다는 걸 알면서도 실제로는 잘 안되는 관계가 우리 사이였다. 떼려야 뗄 수 없는 사이. 부모님의 한마디는 다른 사람의 열 마디보다 말에 힘이 있다. 마음속 깊이 박혀 쉽게 뽑히지도 않는다. 기대하신 대로 바라시는 모습대로 되고 있지를 못 하니 죄책감이나 죄송한 마음이 점점 더 커진다. 당신의 뜻과 기대와는 다르다고 찬찬히 설명하는 노력이 필요한데 두 분이 더 실망하실까 봐 아무 말씀 못 드리니 심리적 간격은 점점 더 넓어져 갔다. 하고 싶은 말과 마음을 꾹꾹 눌러 담고 살다가 불쑥불쑥 맥락에 안 맞게 부모님께 감정적으로 대하는 내 모습에 놀라서는 조금씩 조금씩 마음을 설명하기 시작한 지 얼마 안 되었다.

　그리고 마음의 통역기를 하나 새로 장만했다. 누구보다 자식이 행복하게 살기를 바라시는 부모님이기에 겉으로 드러난 표현이야 원망이고 실망일 수 있지만 결국 누구보다 너를 사랑한다는 본질적 의미를 담고 있다는 걸 잊지 않게 하는 장치다. "널 누구보다 사랑하고 아낀다."라고 번역하는 통역기! 새로운 기기가 손에 안 익어서 작동이 잘 안 될 때도 있다. 스스로 제대로 서고 부모님과도 잘 지내기 위해 노력하는 중이다. 잘해야 한다고 생각하는 마음 자체를 버리고 편안하게 대해 드릴 수만 있어도 우리 사이가 훨씬 자연스럽고 내 마음도 가벼울 것 같다. 잘 되려고 노력하는 과정을 친절히 잘 설명해 드리고 보여 드리는 게 현재로선 최선이 아닐까 싶다.

친구

"미진타운을 만들 거예요. 친구들이랑 타운 안에서 다음 날 아침 서로 아직 숨 쉬고 있는지 생사 여부만 확인할 수 있는 정도의 거리만 적당히 유지하면서 같이 살아볼 거예요. 끼니 때울 때나 술 한잔하고 싶을 때 마음 내키면 함께 할 수 있는 정도로만 같이!"

어른의 우정은 느리고 잔잔하다. 우정의 밀도가 낮아졌다고 안타까워할 일이 아니라 이전보다 훨씬 복잡하고 바빠진 일상을 꾸리면서 서로 느긋하게 지내면 된다.

어서 오세요, 미진타운으로

미
진

포기 아니고 선택 _____

  엄마 아빠에게는 정말로 미안하지만 둘의 모습을 보고 있자니 도저히 결혼과 출산에 대한 엄두가 나지 않는다. 둘 사이에 주말드라마 급의 엄청난 불화나 갈등이 있었던 것은 아니다. 그렇지만 뭐랄까 삶이 좀 지루해 보인다고 해야 할까. 취미나 취향이 전혀 맞지 않은 두 사람이 만나서 삐거덕삐거덕 거리는 어떤 것들을 조율하고 맞춰갈 여력도 시간도 없이 출산과 육아를 했다. 위로는 반쯤 남이라고 볼 수 있는 시부모에게 치이고, 아래로는 배은망덕한 자식들에게 치이는 그런 순간들을 내가 우리 엄마처럼 인내할 수 있을까? 진짜 한 마리의 호랑이 같던 할머니의 기세가 꺾이고, 나나 내 동생도 부모 도움 없이 스스로 해결할 수 있는 게 훨씬 많아진 지금 이 순간. 어쩌면 엄마 아빠가 인내하며 평생 기다려 왔을 이 순간에 둘에게 남은 것이 그렇게 많지 않아 보여 너무 미안하고 짠한 마음이 든다.

특히 〈미스터트롯〉을 봤던 회차를 돌려보고, 돌려보고, 또 돌려보면서 시간을 버리는 아빠의 모습을 보고 있자면 내가 다 울화통이 치민다. 괜한 원망을 MC인 김성주한테 쏟아내며 '세상에서 가장 듣기 싫은 목소리 1위'로 내 맘대로 선정해 두었다. 그렇게 빈 둥지 증후군에 어쩔 줄 몰라 하는 엄마 아빠가 나에게 결혼이나 출산에 대한 계획을 물을 때면 짜증이 머리끝까지 올라왔다. 분명히 본인들과 다른 좋은 모습도 충분히 가능하다는 둥, 자라는 아이를 함께 지켜보는 행복은 말로 설명할 수 없다는 둥 설득의 말이 오갔지만 귀에 들어오지 않았다. '그건 자라나는 아이의 입장도 들어봐야 하는 것 아닙니까?' 라고 되묻고 싶었지만, '그래서 넌 지금 행복하지 않다는 거니?' 라고 또 되물음의 되물음이 돌아올 것이 절로 상상되어 그냥 말을 줄이는 것이 낫겠다는 판단이 들었다.

대단한 신념이 있어서라기보다는 정말 잘해 낼 자신이 없고 재미없을 것 같아서 그렇다. 얼굴에 바르는 크림 하나도 제품을 고르면 브랜드에서 해당 제품을 단종시킬 때까지 사용한다는 내 친구 정 씨와 달리, 나는 어제 하루 써본 것도 질려서 오늘은 다른 것을 구매해 발라보는 사람이다. 한 사람과(실제로 그럴 필요는 없다고 하더라도) 남들 다 보는 앞에서 백년가약을 하고 한 지붕 아래 살아갈 생각을 하니까 벌써 지루하다. 그리고 우선은 내가 목격한 엄마와 아빠의 삶을 되풀이하고 싶지 않다. 이러저러한 이유로 비혼과 비출산을 선언했더니 엄마는 벌써부터 나를 예비 독거노인 취급을 하기 시작했다. 그리고 마치 대단한 결심을 하고 선심을 쓴다는 듯 마음 맞는 사람이 생기면 같이 살아도 괜찮다는 동거에 대한 허락을 해주었다. 살아보다가 마음이 맞으면 결혼을 해도 괜찮다는 말을 굳이 덧붙이면서 말이다.

입주 예정자 협의회 ───────

왜 벌써 아직 벌어지지도 않은 미래의 내 모습, 가족의 형태와 주거 유형을 고민해야 하는지 잘 모르겠지만, 우리 가족을 포함해서 미래 계획 같은 어떤 것을 묻는 사람들에게 하는 대답이 2종으로 준비되어 있다. 하나는 일찍부터 실버타운 슈퍼스타가 되겠다는 것, 또 하나는,

"미진타운을 만들 거예요. 친구들이랑 타운 안에서 다음 날 아침 서로 아직 숨 쉬고 있는지 생사 여부만 확인할 수 있는 정도의 거리만 적당히 유지하면서 같이 살아볼 거예요. 끼니 때울 때나 술 한잔하고 싶을 때 마음 내키면 함께 할 수 있는 정도로만 같이!"

'주로 부부를 중심으로 한, 친족 관계에 있는 사람들의 집단. 또는 그 구성원. 혼인, 혈연, 입양 등으로 이루어진다.' 라는 사전적 정의의 가족을 만들 생각 없이 결국은 친구들과 식구가 되어 살겠다는 내 계획이 철딱서니 없게 느껴지나 보다. 그 생각이 얼마나 가나 보자며 비웃는 사람들, 그래도 친구와 가족은 다른 것이라며 나를 가르치고 갱생시키려는 사람들, 더 나아가서는 그 생각에 동조해 줄 친구가 있긴 하냐고 물어보는 무례한 사람들도 있다. 그들은 결국 나 혼자 남게 될 것이라는 저주 같은 말을 마치 예언인 것처럼 했다.

우리 엄마 역시 젊은 날 결혼 안 하겠다고 하던 친구들도 결국은 다 결혼을 했다며, 그리고 나처럼 시집가지 않겠다고 가장 강력하게 말하던 사람이 보통 제일 먼저 가더라며 깔깔 웃었다. 그러고는 늦은 나이까지 결혼하지 않은 엄마 친구들이

어서 오세요, 미진타운으로

느끼는 외로움이나 두려움을 나에게도 전염시키고자 했다. 혼자 살다가 아프면 서럽고, 간호해 줄 사람이 필요하다는 등의 말을 하면서 말이다. 거꾸로 내 배우자가 먼저 아파서 내가 간호하는 삶을 살게 되면 어떻게 하냐고 되물어보면 또 답이 없었다. 엄마와의 말씨름은 주로 이런 식이다. 답이 정해져 있는 질문을 하고, 정해진 답을 절대 해주지 않기 위해 되묻고, 되물음에 또 되물음으로 답하고, 하나가 지쳐 나가떨어질 때까지 말이다.

하여튼 정작 내 친구들은 미진타운 분양 번호표를 뽑고, 내가 삽 뜨기만을 목이 빠지게 기다리고 있다고 아무리 말해도 어른들은 믿어주지 않는다. 진짠데. 거의 입주 예정자 협의회가 출범해서 벌써 이런저런 요구 조건을 말하고 있다. 일인 일실 등 개인 공간이 충분히 확보되었으면 좋겠다거나, 확실한 방음에 대한 요구, 공용공간에 늘 술이 떨어지지 않았으면 좋겠다는 의견, 혹은 새 입주자를 들일 때 우리가 같은 곳을 바라보고 있는 사람들인지 사상검증이나 선서 같은 절차가 필요하지 않겠냐는 제안까지 말이다. 진심으로 언젠가 쌓아 올릴 미진타운을 위해 입예협 친구들의 의견을 경청하고 있다.

공감의 타운 _____

친구가 할 수 없는 가족만이 할 수 있는 희생과 사랑이 있다는 주장은 감히 쉽게 부정하기 어렵다. 우선 내가 그런 조건 없는 사랑을 받고 자랐기 때문이다. 물론 사랑을 주면서 부담으로 왜곡될 수 있는 과한 기대와 희망 사항 등을 내비칠 때도 있었지만, 그게 사랑의 전제 조건이었다고는 할 수는 없다. 이런저런 잔소리와 걱정을 하던 부모님도 결국은 건강히 살아있어만 달라는 가장 최소의 요구만을 바랐다.

친구 사이에서는 만들어지기 힘든 정도의 진한 본능 같은 유대감과 사랑, 측은지심이 가족 사이에는 가능하다는 것은 인정한다. 가족이 아플 때 내가 대신 아팠으면 좋겠다거나 하는 그런 상식적으로 말이 안 되는 감정 같은 것 말이다. 하지만 모든 가족이 그렇다는 말은 아니다. 괜히 남보다 못한 가족이라는 말이 생기고, 가족 관계가 팔팔 끓는 냄비로 묘사되는 것이 아닐 것이다. 안에 무엇이 있는지 모르겠지만 당장이라도 터질 듯 파글파글 끓고 있는 냄비. 계속 끓고 있는 그 상태로 어영부영 유지되는 가족 관계도 있다.

어쨌든 가족이란 내가 선택한 관계는 아니다. 그렇다 보니 내가 선택한 친구라는 관계보다 더 덜그럭거리는 경우도 많고, 이해를 주고받기 더 쉽지 않기도 하다. 온전한 이해라기보다는 그냥 이해하고 어떨 때는 이해를 깔끔하게 포기하기도 하는 관계에 더 가까운 것 같다. 반면 친구 관계는 내가 선택하는 거니까. 기본적으로 '아님 말고'가 깔려 있어서 더 편하다. 영 맞지 않다면 '당신은 나의 친구가 될 수 없습니다.' 하고 말면 그만인 것이다. 그런데 같은 것을 보고 분노하고, 같은 것을 보고 눈물이 주르륵 흐르는 친구이자 동료와 눈이 마주친다면? '당신은 미진타운으로 초대되셨습니다.' 하고 초대장을 수줍게 들이밀면 된다. 역시나 싫음 말고!

우리 가족들은 내가 화가 나거나 눈물을 흘리면 내 화를 가라앉혀주거나, 눈물을 닦아주기 위해 노력한다. 심지어는 혹시 그렇게 만든 당사자가 본인들일까 봐 마음을 졸이고 눈치를 본다. 그리고 좋은 것만 보고, 좋은 것만 들을 수 있도록 내 눈과 귀를 좋은 것으로만 막아주려고 한다. 내가 잘 보이지 않고, 잘 들리지 않는다고 짜증을 내면 서로 서운해지기 시작하는 것이다. 이해를 못 하는 것은 아니다.

다만 문제는 오늘 내가 눈물을 흘린 이유가 뮤지컬 〈레드북〉의 마지막 넘버 중 "당연한 것들이 당연해질 때까지 세상을 시끄럽게 만들어요. 거짓된 말들이 고요해질 때까지 더욱 큰 소리로 떠들어요."라는 가사에 큰 감명을 받았기 때문이라는 것이다. 같은 공연을 봤던 친구들끼리는 지금 어떤 당연한 것이 당연하게 여겨지지 않고 있는지, 우리를 주저하게 만드는 것이 무엇인지, 어떻게 하면 더 큰 소리를 낼 수 있는지를 떠들면서 분노했다. 오히려 나에게 필요한 것은 이런 것이다. 가족보다 친구가 낫다 이런 주장을 하려는 것은 아니다. 다만 친구들과도 충분히 식구가 되어 같이 웃고 떠들고, 울고, 함께 분노하며 잘 살아나갈 수 있다는 다짐을 말하는 것이다. 미진타운의 예비 설립자로서 말이다. 그러니 여러분. 어서 오세요! 미진타운으로.

어서 오세요, 미진타운으로

어른들의 우정

은
아

'친구'라는 이름의 기준 —————

MBTI가 내향적 외향형인 'E'인 사람에게 친구 사귀기는
어려운 일이 아니다. 사람들로부터 에너지를 받기보다는 혼자
커피 한 잔 시켜 놓고 30분이라도 멍을 때리면 이제 좀 나가볼
까 하는 마음이 드는 내향형이긴 해도 E는 E니까 말이다. 게다
가 겁도 없다. 새 학기가 시작되고 모르는 반 아이에게 선뜻 다
가가 말을 걸어 운 좋게 말을 이어가도 좋고 설사 민망하게 나
를 밀어내도 거기에 큰 의미를 두질 않으니 말이다. 오늘은 상
대가 낯선 이와 말을 안 섞고 싶은가 보다 하고 만다. 그러고는
곧 반갑게 맞아줄 법한 다른 반 아이를 찾아 인사를 하고는 대
화하고 즐겁게 시간을 보내다 보면 친구가 되었다.

184
친구

사람마다 친구에 대한 정의가 다를 텐데 내게 친구란 서로의 섬세한 마음의 결을 이해하고 곁에서 지켜봐 주는 사람으로 나이 차이나 만남의 횟수는 중요하질 않았다. 사전에는 가깝게 오래 사귄 사람이라 정의되어 있지만 사실 '오래'보다는 '가깝게'가 더 중요하다. 가족 말고 친밀하고 가까운 사이면 친구다. 친밀도가 상대적인 개념이라 나는 가깝다 하고 상대는 그렇게 가깝다 안 할 수도 있고 상대는 무척 가깝다 생각하지만 정작 나는 시큰둥한 사이일 수도 있다. 그렇다고 친구인지 아닌지 인증하는 관문은 오직 우리 마음속 깊은 곳에 있으니 친구 사이는 오리무중이다.

그나 그녀의 친구 이너서클에 진입하는 데는 어려움이 없지만 문제는 그다음에 있다. 우정의 시작은 상대적으로 쉬운데 이걸 유지하는 게 쉽지 않다. 둘도 없이 가깝게 지내던 친구가 어느 날 그간 한 번도 본 적 없는 공허한 눈빛으로 날 쳐다본다든가 다정하던 그(녀)가 새침하고 쌀쌀맞게 대하는 날에는 어떻게 대해야 할지 난감해서 선뜻 다가가지 못하고 눈치만 본다. 그러다 용기를 내서 무슨 일인지 물어봐도 답을 해주지 않기라도 하면 그때부터는 신경은 쓰이지만 마음만 졸이면서 다시 다가와 주길 기다린다. 더불어 반성도 시작된다. 내가 잘못한 게 뭐였을까 하고. 내 위주로 생각해서인지 나는 잘못한 게 없고 그렇다고 다른 이유는 모르겠고 어떻게 풀어야 할지 모르니 관망한다.

시시각각 변하는 우정의 농도 _____

생활이 단순하고 일상 반경이 그래도 비슷한 대학 때까지만 해도 삐걱대면 울타리 안에서 맞춰보려고 노력해 우정을 이어간다. 울타리를 벗어나 대학을 졸업하고 직장 생활을 시작하고 연애하고 결혼하고 아이를 낳고 기르기 시작하면서부터는 삶의 반경이 친구들 사이에도 극단으로 달라져 공감대가 줄어드는 게 다반사다. 생각과 지향의 차이가 삶의 반경의 차이를 만든다. 아이를 낳고 취직한 지 얼마 안 된 것 같은데 승진을 하는 등 어른이 되어가는 친구의 모습이 기특해 만나러 가는 길은 너무 설레지만, 집으로 돌아오는 길이 쓸쓸하고 헛헛할 때가 있다. 중고등학교 시절 무슨 이야기를 해도 맞장구가 가능했지만, 각자 집중하는 대상이 확연하게 차이가 나면 친구의 호기심 대상이 더는 흥미를 끌지 않게 되는 날이 온다.

우리가 각자 선택한 대로 다른 길로 가고 있다는 것을 인지하게 되는 순간이 점점 많아지면 당분간 서로 보기 힘들겠다고 하는 마음이 자연스레 든다. 어느새 주변에 친구들은 각자의 자리를 찾아 떠나고 표표히 사라져간다. 얼마간은 아쉬움, 미안함, 원망, 불편함, 섭섭함의 마음이 앞서거니 뒤서거니 하다가 우리 우정의 농도가 달라졌음을 인정한다.

잊지 말아야 할 건 우정이 허공에 흔적 없이 사라진 건 아니고 다만 밀도가 낮아졌을 뿐이라는 사실이다. 이따금 사라져가는 친구 중에서도 굳건히 내 옆에서 지켜봐 주는 친구들을 볼 때마다 신기하기도 하고 고맙기도 하다. 우정에 대해, 오리무중인 친구 사이에 대해 진지하게 생각해 보게 된다. 같은 중학교와 고등학교를 나왔지만 한 번도 같은 반인 적은 없는 친구가 있다. 어쩌다가 고등학교 입학 전에 선행학습을 위해 입시학원에 같이 다닌 적이 있다. 이후 진학한 대학도 다르고 나와 달리 일찍 결혼해 아이들도 일찍 낳아 기르는 워킹 맘의 삶을 사는 친구였다.

일하는 분야도 전혀 다르고 하나를 시작하면 진득하게 해내는 생활 방식으로 살아온 단단하고 단정한 친구다. 그녀는 상대적으로 느슨하고 헐거운 편인 나와 비교해 촘촘한 파워(J)

성향이다. 공감대라고는 같은 동네에서 유년 시절을 보냈다는 사실 말고는 없는데 지금까지도 가장 가깝다. 언제부터 시작했는지도 기억나질 않지만 매년 연말에는 한 해 10대 사건과 새로운 해 10대 소망을 정리하는 우리만의 리추얼(ritual)도 함께 하는 신기한 인연이다.

서울을 떠나 지역에서 근무하게 된 적이 있다. 회사 앞에 구한 숙소로 이삿짐을 싸서 내려가는 날, 친구는 휴가를 내고 낯선 동네로 같이 와줬다. 조금만 나가면 필요한 걸 금방 구해 올 수 있는 곳에 숙소를 구했음에도 직접 내려와서 보고 이것 저것 부족한 것들을 챙겨주고자 했다. 대충 짐 정리를 마치고 첫날이니 밥을 집에서 해서 먹기 힘드니 저녁을 먹으러 가자면 서 근처 식당으로 데려갔다. 친구는 이것도 먹어 보라고 하고 저것도 먹어 보라며 권해주었다. 밥만 챙겨주는 것만으로는 부족하다고 생각했는지 정신적 허기를 달래주고 싶어 이별로 힘들어하던 내게 자꾸 뭐가 힘든지 마음을 설명해 보라 했다.

나는 꾹 참았던 속내를 꾸역꾸역 내보이다가 밥 먹다 말고 펑펑 울었다. 그 친구는 참지 말고 마음을 더 드러내라고, 그래야 편안해진다며 다그쳤다(물론 친구는 몰아붙이듯 말하지 않았지만 친구 말의 톤 앤 매너(tone & manner)가 나를 벽 쪽으로 밀쳐내듯 들렸을 뿐이다. 오해는 금물!). 나는 첫째로 자라 그런지 천성이 그런 건지 감정을 드러내는 데 인색하다. 다른 사람들에게 어리광을 부리는 일이 좀처럼 없었던 터라 내가 지금 무슨 생각을 하는지는 곧잘 표현하는데 어떻게 느끼고 마음이 어떤가를 드러내 보라고 하면 '슬퍼요'라든가 '화나요'라든가 하는 단어를 힘겹게 내뱉는 게 다였다.

살면서 감정 표현을 잘 못 해내는 어려움을 친구에게 호소했는지 어땠는지 기억나질 않지만, 친구가 보기에 내가 힘든 내색을 좀 해서 마음을 더 열면 고비를 넘는데 한결 수월해 보였던 것 같다. 그때의 난 어려서(아 그런데 그때 마흔을 넘긴 어리지 않은 나이였다. 이런), 안 그래도 낯선 곳에 내려와서 안 해본 일을 하게 돼서 긴장도 되고 엇갈린 인연으로 힘겨워하는데 왜 굳이 내려와서 나를 더 힘들게 하냐고 원망했다. 이제 그만 혼자 있고 싶어졌다. 그래도 멀리까지 와준 친구가 고마워서 역까지 바래다주고 버스 타고 집으로 돌아왔다.

긴 하루였다. 나의 새로운 숙소는 작지만 필요한 물건들이 정갈하게 놓인 안식처였다. 오피스텔이지만 외부 창이 통창으로 두 방향으로 나서 집 앞 호수 공원이 보이고 산이 보여서 답답하지 않아 선택했다. 책상에 앉아 노트북을 열고 창밖을 보다가 그제야 책상에 놓인 흰색 봉투를 발견했다. 친구의 선물이었다. '힘내고 잘 지내.'라는 메모와 함께 용돈이 들어있었다. 친구의 방문이 좋으면서도 한편으로는 귀찮아했던 내가 부끄러워졌다. 이래저래 허기져있을 내 생각을 하면서 걱정도 되고 신경도 쓰여 살펴봐 주러 온 친구의 마음이 이제야 고스란히 전해졌다.

느리고 잔잔한 우리 사이 _____

나보다 훨씬 어른스러운 우정의 태도를 지닌 친구를 보면 느끼는 게 많다. 속 좁은 나는 한때 그녀의 사랑을 고마워하지 않고 버겁다 여겼다. 내가 안쓰러워 연민하는 건가 하는 오해를 한 적도 있다. 성향이 너무 달라 지레 나의 행동을 이해하지 못할 것이라 짐작하고 속 이야기를 안 한 적도 있다. 속 깊은 내 친구의 배려는 중요한 인생의 순간마다 이어졌고 난 그녀의 애정에 힘입어 앞으로 잘 나아가는 중이다. 우리의 우정을 지속할 수 있었던 이유는 다르다고 잘 몰라준다고 관계를 싹둑싹둑 끊어내지 않고, 상대를 존중하고 믿어주고 기다려주는 데 있었다.

　어른의 우정은 느리고 잔잔하다. 우정의 밀도가 낮아졌다고 안타까워할 일이 아니라 이전보다 훨씬 복잡하고 바빠진 일상을 꾸리면서 서로 느긋하게 지내면 된다. 언젠가 다시 내 인생에 등장할 친구를 기꺼이 환대해 주고 위로보다 더 힘든 격한 축하를 보낼 일이 있으면 진심으로 기뻐하면 된다. 예전에는 잘 몰랐는데 위로를 보내는 일은 언제든 할 수 있지만 다른 사람의 좋은 소식에 진심으로 같이 환호하는 일은 생각보다 어렵다. 당신이 오래도록 바라던 일이 이루어져 소식을 전했을 때 내 일처럼 환하게 웃으며 축하해 주는 사람이 당신의 찐 친구라 확신한다. 그 친구와 함께라면 남은 인생 더 즐겁고 풍요롭게 지낼 수 있다. 느리지만 잔잔한 우정을 나누는 당신이 부럽네요. 멋진 친구를 곁에 두신 거, 진심으로 축하해요!

밥벌이

혹시 투덜투덜 비틀비틀 걸어가는 나를 마주치더라도 크게 걱정하며 멈춰 세울 필요 없다. 결국 어디로 향하려는지 모르겠지만, 어쨌든 더 나은 곳으로 가고 있을 것이다. 아마도.

차근차근 방향을 잃지 않고 꾸준히 가다 보면 언젠가 바라는 자리에 닿아있을지도 모르겠다. 그냥 아무 일 안 하고 인생을 그저 즐기기엔 시간이 너무 많고 나는 아직도 하고 싶은 게 많다.

'왜'를 묻고 '어떻게'를 답하는 일

미
진

투덜투덜 금쪽이 ⎯⎯⎯⎯⎯

술자리에서 술과 관련된 애기를 하는 것만큼 재미있는 일이 없다. 며칠 전 갑자기 초대받은 모임에서도 술 때문에 벌어진 얼큰한 사건들이 대화 주제로 한창 펼쳐졌다. 각자의 숨겨뒀던 주사부터 술 마시고 실수했던 부끄러운 기억을 끄집어내 고백하고, 그간 목격했던 타인의 기상천외한 주사를 경쟁하듯 공유하면서 안줏거리로 삼았다. 새삼 내가 술을 정말 좋아하는구나 다시금 느꼈던 이유는 친구들이 줄지어 고백한 그들 인생 최악의 만취 순간 대부분 내가 함께 있었다는 사실 때문이다. 그들의 희미하고 엉망진창인 기억 끝에는 항상 나 혹은 나의 공간이 있었다. 최후의 생존자에게는 숙명이 있다. 모든 뒤처리를 책임져야 하는 것이다. 웃으며 애기하던 친구들이 뒤돌아 생각해 보니 나에게 정말 미안했었다며 재차 사과했고, 나는 취하면 그럴 수도 있지 하며 웃어넘기고 있었다.

"그러고 보면 너는 술 취한 사람들한테만 관대한 것 같아. 평소에는 좀 예민하고 빡빡한데. 특히 일할 때 불평불만 많은 건 인정해 줘야 해. 완전 금쪽이가 따로 없어!"

한창 재밌던 술 얘기가 갑자기 일을 대하는 내 태도에 관한 이야기로 급전환되었다. 직장에서 일을 시작하면서 생긴 고민들을 시시콜콜 털어놓으면 잘 들어주던 친구들이기도 했고, 심지어 직장 밖 작은 사이드 프로젝트들도 자주 함께했던 친구들이라 훨씬 민망하고 당황스러웠다. 또 동시에 더 귀를 기울여야겠다는 생각도 들었다. '니들이 대체 나에 대해 뭘 알아'라며 대충 응수하고 도망치기에는 매우 충분히 나와 나의 일에 대해 많이 알고 있는 친구들이자, 기회가 된다면 언제고 다시 손을 내밀고 싶은 동료들이기 때문이다. 잠시의 머쓱함을 피하기 위해 평생의 동료들을 잃을 수는 없었다.

"내가 그렇게 화를 많이 냈어? 뭐에 그렇게 짜증을 냈었지? 너네는 그걸 왜 참고 있었어! 고맙고 미안해…"

"네가 우리가 싫어서 그러는 게 아니고, 좋은 결과를 만들고 싶어서 그러는 걸 아니까. 그리고 어떻게든 결국 해내잖아!"

내 불만의 대상이 사람을 향했던 것이 아닌 일을 하면서 마주친 불편함. 즉, 해결해야 하는 문제들을 향하고 있다는 것을 알고 있었다는 것이다. 그리고 그저 투덜거리는 것에서 끝나는 것이 아니라 동시에 해결을 위한 방법을 고민 중이라는 것을 느낄 수 있었다고 했다. 다만 나를 잘 아는 사람이 아니라면 그냥 투덜이라고 단편적으로 판단하고 이야기를 더 들어주지 않거나, 불만의 대상이 본인이라고 오해하고 상처받는 사람도 있을 것이라고 조언했다. 앞으로는 표현에 감정을 덜고 신중을 기하는 게 좋겠다고, 상대가 공적인 사안과 사적인 감정을 정확히 구분할 수 있도록 말이다. 그렇지 않으면 금방 꼰대가 될 것 같다, 어쩌면 누군가에게는 이미 꼰대일지도 모르겠다고 경고도 받았다.

두 소스 이야기 _____

내가 불만이 많은 사람이라는 것은 부정할 수 없다. 동네에서 알아주는 투덜이고, 화도 쉽게 낸다. 가까운 사람들이 증언

한 것처럼 특히 일할 때 말이다. 그리고 눈치가 빠른 성격은 남의 불만도 빠르게 포착하는 능력을 주었다. 나의 불만과 남의 불만이 똘똘 뭉쳐져서 열이 슬슬 오르기 시작한다. 내가 주로 화를 내는 이유는 고통스럽기 때문이다. 고통스러운 이유는 불만이 해결되지 못하고 있기 때문이다. 좋은 게 좋은 거지, 모르는 게 약이다 하면서 넘어가질 못한다. 보통의 불만이 그러하듯 내 불만도 "왜?"라는 질문으로 시작한다.

'왜 이렇지?'
'왜 이렇게 해야 하지?'
'왜 이대로 있지?'
'그럼 이제 어떻게 해야 하지?'

질문에 대한 답을 알아내지 못하면 고통이 시작된다. 그러니까 나를 고문하는 가장 효과적인 방법은 '원래, 그냥, 늘, 그저, 그래 왔던 그런 것이니 궁금해할 것도, 더 생각할 것도 없다.'라며 질문에 대한 답을 그냥 넘기는 것이다.

몇 년 동안 일을 하면서 가장 자주 고통스러웠던 상황을 묘사하기 위해 만들어 낸 이야기가 있다(이 역시 술자리에서 울분

'왜'를 묻고 '어떻게'를 답하는 일

을 토하며 자주 들려주는 이야기다). 누군가가 나에게 마무리 소스를 뿌리기만 하면 완성되는 요리의 접시를 넘겨주었다고 상상하자. 내가 소스를 뿌리면 이 요리는 마침내 홀로 나가 손님의 식탁 위에 오른다. 다만 나는 이 요리가 왜 만들어진 것인지, 누구를 위해 누가 왜 만든 것인지 아직 듣거나 보지 못했다. 그리고 양손에는 케첩과 핫소스가 들려졌다. 누군가가 나에게 '둘 중 아무거나, 그냥, 빨리' 뿌려서 완성해 내놓으라고 재촉한다. 그럼 나는 궁금한 것이 한 바가지가 생긴다.

"아무거나라고 하시면 그저 빨간색의 데커레이션이 필요한 상황인가요? 아니면 혹시 간을 맞추기 위한 소스인가요?"

"매운 핫소스를 사용해도 정말 괜찮은 것이 맞나요? 혹시 어린아이라던가 매운 소스를 먹으면 큰일이 나는 사람이 있지는 않나요?"

"혹시 둘을 섞어보는 건 어떨까요?"

"애초에 이건 누구를 위한 음식인가요? 왜 만들어졌죠?"

나를 괴롭게 했던 사람들은 대부분 내 질문에 제대로 된 답변을 공유 주지 않거나, 본인 자신도 잘 모르는 경우가 많았다. 그중 책임은 본인이 질 테니 아무 소스나 빨리 뿌리라고 하는 사람 대부분은 결국 절대 책임을 지지 않았다. 손도 대지 않은 채 주방으로 되돌아온 접시를 정리하고 부랴부랴 새 요리를 내놓는 것은 주로 나를 포함한 다른 동료들의 몫이었다. 여전히 근본적인 문제는 해결하지 못한 채 말이다. 그렇게 여러 차례 한 번이면 끝날 일을 두 번, 세 번, 네 번 하게 되는 것이다. 혹시 어린아이가 핫소스가 들어간 요리를 먹었거나, 토마토 알레르기가 있는 사람이 케첩을 먹지 않았기를 바라는 불편한 마음을 갖고서 말이다. 분명 이것은 최선의 시스템이 아니다. '그냥' 만들어진 요리 역시 최선의 상태였을 리가 없다. 그럼 내 주특기인 불평불만이 시작되는 것이다.

불만은 나의 영감이자 동력이다. 세상에 완벽한 것은 아무것도 없다지만 그래도 내가 상상할 수 있는 최선의 상태와 현 상태의 간극을 최대한 줄이고 싶다는 욕망이 나를 움직이게 한다. 오히려 세상에 완벽함이 존재할 수 없다면 더더욱 '좋은 게 좋은 것이다'라는 말 역시 내 세상에서는 존재하기 어렵다. 아직 완벽하게 좋은 것이 없기 때문이다. 그렇다면 아직 생각할 거리와 해야 할 일이 남았다는 뜻이기도 하다. '두 소스 이야기'의 끝을 만들어 놓진 않았지만 아마 뒷이야기를 이어간다면, 이다음의 나는 남은 요리를 가르고, 썰고, 뜯고 맛보고, 손님들의 뒤꽁무니를 쫓아가 피드백을 수집하고 있었을 것이다. 그리고 나의 불만과 그들의 불만을 수집해 문제를 정의하는 순서로 움직였을 것 같다. 다른 더 재미있는 일을 찾아야겠다며 진즉 앞치마를 집어던지고 다른 곳으로 떠나지 않았다면 말이다.

어쨌든 더 나은 곳 _____

가족 그 누구도 예체능을 전공하지 않았고, 나도 자라면서는 내가 예체능 전공을 하게 될 것이라고 상상도 하지 못했다. 그런데 내가 덜컥 미대에 들어가 버리자 집안이 발칵 뒤집혔다. 대체 네가 언제부터 미술을 하고 싶어 했냐부터, 디자인이고 나발이고 전공해 봐야 인사동 길바닥에서 캐리커처나 그려주고 있는 것 아니냐까지 몰라서 할 수 있는 오만 말들을 들었다. 결론적으로 중퇴한 나보다 무사히 졸업한 동기들이 현장에서 UI/UX 디자이너 등으로 IT 업계에서 얼마나 활발하게 일을 하고, 돈을 더 잘 벌고 있는지를 진작 알았더라면 다들 그런 말은 않았을 텐데 말이다. 하여튼 당시에는 호기롭게 내가 얼마나 잘 해내 보이는지 두고 보라며 그래픽디자인 전공을 선택했지만, 나 자신도 같은 불안감을 떨치기 힘들었다. 내가 디자인을 하고 싶어 했던 게 맞나? 디자인이 뭔데?

'디자인은 질문을 찾고, 문제를 해결하는 것이다.'

입학하고 얼마 지나지 않아 들었던 수업에서 디자인은 그
저 더 미학적인 것을 제안하는 것을 넘어서 창의적으로 문제를
해결하는 과정이라는 정의를 들었다. 그리고 대부분의 수업에
서 디자인 프로그램을 다루는 방법을 배우기보다는 사용자와
문제를 정의하고, 문제 해결을 위한 프로토타입을 왕창 만들
고, 테스트나 동료들의 신랄한 피드백을 통해 결과를 확인하는
과정으로 진행되었다. 세상에 이미 존재하는 것들을 다시 해체
시켜 보거나 완전히 뒤집어 보기도 하고, 사용자의 페르소나를
샅샅이 뜯어보는 것으로 생각을 시작한다는 점에서 안도감과
짜릿함을 느꼈다. 이거 완전 프로 불만러한테 딱 맞는 사고방
식이잖아?

이제는 사용자의 만족을 위해 일반 기업이나 서비스에서
도 일반적으로 적용되고 있는 '디자인적 사고'에 대해서 알
게 되고, 체득했다는 점에서 비록 학교는 자퇴 엔딩이긴 했지
만 큰 만족감을 느꼈다. 꼭 직업인으로 디자이너가 되지 않더
라도, 어떤 일을 하든 '왜'를 묻고 '어떻게'를 답할 수 있는 사
람이 되자는 큰 줄기가 만들어졌다. 공연 기획 살짝, 행사 운

영 쪼금, 예술 교육 찔끔, 이제는 콘텐츠 마케터로 어리바리하면서 비틀비틀 나아가고 있어도 크게 불안하지 않은 이유는 아마 이 때문 아닐까. 디자이너도, 기획자도, 마케터도 문제를 찾고 더 나은 것을 제시하는 사람이라는 맥락에서 동일하니 말이다. 대부분의 직업이 그렇지 않을까? 혹시 투덜투덜 비틀비틀 걸어가는 나를 마주치더라도 크게 걱정하며 멈춰 세울 필요 없다. 신나게 취했거나, 또 뭔가를 뽀시락뽀시락 고민하면서 어디론가 나아가는 중일 테니까 말이다. 결국 어디로 향하려는지 모르겠지만, 어쨌든 더 나은 곳으로 가고 있을 것이다. 아마도.

사라진 동료들

은
아

나이 일흔의 새로운 도전 ───────

일흔이 훌쩍 넘으신 아빠가 새로운 일을 시작하셨다. 정년 퇴직하시고 일은 웬만하면 안 하고 싶어 하신다는 것을 알고 있어서 준비 과정이었지만 아빠가 큰 결단을 하셨다는 마음이 든다. 40여 년을 한 직장에서 근속하셨다는 것만으로도 경외로워서 남은 생에는 일이 없는 삶을 사셔도 충분하다 생각했는데 또다시 일을 선택하셨다. 그런데 그 선택의 방향은 전혀 뜻밖에도 모델이었다. 남다른 감성의 소유자라는 건 알고 있었지만 정형화된 조직 생활에 어르신들 말대로 인이 박여 익숙하니 비슷한 종류의 일을 선택하시지 않을까 했었다. 그런데 아빠가 시니어 모델 지망생이 되신 것이다. 집에서 한 시간 넘게 걸리는 학원까지 매주 한 번씩 수업을 들으러 가시는 생활이 추가 되었다. 수업 시간 이외 모델이 되기 위한 걷기, 미소 짓기 등 여러 연습도 포함이다.

일을 시작하신 김에 아르바이트도 하시면 어떨까 해서 찾아보았다. 준비하시는 일이 모델이니 사람 관찰하기도 좋고 젊은 사람들과 같은 공간에서 지내면서 자연스럽게 어울리실만한 일이면 좋겠다 싶었다. 집에서 적당한 거리에 있어서 오고 가는 즐거움도 있었으면 했다. 그러다 평소 가끔 가는 서점에서 낸 구인 광고를 발견했다. 동네 사랑방이자 문화공간으로서 역할을 톡톡히 하는 서점에서의 아르바이트였다. 최소 주 2일 이상 근무하면 되고 낮 12시부터 서점 문 닫을 때까지 근무하면 되는 일이었다. 해야 할 일은 카운터 관리, 손님 응대, 책 정리, 행사할 때 집기 나르기 등 각종 지원 업무였다. 같이 일하시는 분들만 괜찮으면 얼마든지 아빠가 할 수 있는 일이었다.

이력서만 보내면 되는 간단한 절차였으나 혹시 몰라 전화 문의를 해봤다. 가장 마음에 걸리는 건 나이였다. 이런저런 질문 끝에 물었다.

"저희 아빠가 관심이 있으신데, 혹시 나이 제한이 있나요?"
전화기 너머였지만 나이 제한이 있느냐는 물음에 상대방이 난

감해하는 게 느껴졌다. 일의 종류도 아니고 근무 일수도 아닌 나이 제한을 묻는 질문을 받다니.

"혹시 나이가 어떻게 되시는데요?"라는 물음에 나이를 사실대로 말해야 하나 줄여야 하나, 줄이면 얼마나 줄여야 하나 순간 여러 생각이 스쳤다. 어차피 이력서를 보내게 되면 나이를 알게 되겠지만 나이에 대한 상대의 반응이 궁금해 60대 중후반이라고 살짝 줄여서 이야기했다. 아니나 다를까 상대는 잠시 생각하시더니,

"아. 나이 제한이 있는 건 아닌데 손님 응대나 의자 나르기 등 각종 허드렛일을 해야 하는데 괜찮으실까요?"라고 하시는 것이다. 전혀 염두에 두지 않은 연령대라는 걸 단번에 알 수 있었다. 전화를 받은 그분 상황도 이해가 갔다. 우리 아빠니까 잘 어울리시리라 기대하지, 누군가가 나에게 60대 중후반의 어르신과 한 공간에서 일하라고 하면 선뜻 내키지 않았을 것이다. 나이는 있으시지만 잘하실 거라거나 해보지도 않고 어떻게 아느냐 등 상대를 설득해 볼 수 있었겠지만 그러지 않았다. 더는 설명을 듣지 않아도 그녀의 마음이 짐작되고 공감되어 알겠다고 하고 전화를 끊었다. 근사한 서점에서 아빠를 일하게 하려는 건 내 욕심이었다.

일은 인생에서 무슨 의미일까? _____

일을 하는 누구에게나 언제든 맞닥뜨리게 되는 상황이다. 일하려는 자와 일 시키려는 자, 수요와 공급의 미묘한 어긋남. 직장에 다니든 자기 사업을 하든 상관없이 말이다. 일의 시작도 그러하고 일하는 중간도, 일을 마무리하는 과정에서도 수요와 공급의 함수 찾기는 계속된다. 내가 가고 싶고 오래 머물고 싶은 곳에서 내가 필요하지 않다면 나의 개인 의지나 욕망과는 별개로 나를 맞아주는 곳으로 가야 한다. 치열한 경쟁을 뚫고 입사하여 교육을 마치면 일단 어디든 자리를 잡느라 경황이 없고 일 시작하면 적응하느라 정신이 없다. 그렇게 정신없이 일에 치여 사는 어느 날 문득 고민이 시작된다. 일이 내 인생에서 무슨 의미일까?

일은 바깥 세계인 사회와 내가 맺는 공식적인 관계다. 오피셜(official)한 관계가 일이다. 나의 시간과 노력을 투입하면 대가(代價)가 있는, 계약을 맺고 노동력을 제공하여 돈을 받는 행위다. 오피셜 한 만큼 약속과 의무가 있다. 마음 내키는 대로 처신할 수 없다는 뜻이다. 운이 좋다면 조직에 들어가서 소속감이나 안정감이 생겨 가족이 사는 집이 아닌데도 의지해도 괜찮은 안전망이 생기기도 한다. 사회적 지위나 명예가 따라올 때도 있다. 일을 해서 가장 좋은 점은 뭐니 뭐니 해도 돈이다. 삶을 독립적으로 꾸려갈 수 있게 만드는 돈, 그게 생기는 게 일이다. 그냥 좋아서 하는 취미와 가장 큰 차이다.

나의 업은 기획이다. 판을 벌여서 사람들에게 일정한 경험을 하게 하는 일이 내 직업인데 그중에서도 문화 예술을 활용하는 기획 일을 한다. 그때그때 관심 가는 분야의 기획을 하다 보니 광고도 기획하고 공연도 기획하고 정책도 기획하고 공간 운영도 기획한다. 20대 후반에 이 분야로 진입한 이후 크게 이탈하지 않고 잘 버텨내고 있었다. 그런데 앞만 보고 달리다 어느 날 주변을 둘러보니 내가 20~30대를 보내던 그 시절, 그 세상과는 너무 다른 세상이 펼쳐지고 있었다. 같이 일하던 그 많던 동료들은 어딘가로 사라져버렸고 주변에는 나보다 곱절이나 어린 후배들이 동료가 되어 빠릿빠릿하게 일을 해내고 있다. 지구를 휩쓸었던 코로나19 팬데믹과 급격한 기술혁신으로 이전에 알던 지식과 경험으로는 버텨내기 힘들다.

이도 저도 아닌 애매한 위치 _____

　문화 예술의 핵심 소비층도 20~30대이다 보니 고객들의
기호에 발 빠르게 대응할 수 있는 20~30대 전문가에 대한 수
요가 느는 건 당연했다. 그렇다 보니 40대 이상의 기획자는 현
장에서 발로 뛰는 전문가보다는 젊은 기획자들을 효율적이고
도 효과적으로 관리할 매니저로서 해야 할 역할을 기대하는 편
이다. 책임과 권한은 있는 대신 사람들에 치이는 관리자의 세
계로 입문하는 것이다. 세상은 정신없이 빨리 변하고 반응과
학습의 속도는 예전만 같지 않은 40대 이상 나의 동료와 선배
들은 어딘지 모르게 낯선 길 위에 뚝 떨어진 느낌을 받는다.
아, 어디로 가야 하지? 죽기에는 아직 너무 많은 시간이 남았고
더 버텨내서 돈을 벌어야 하는 데 내가 과연 무엇을 더 할 수
있을까? 잘 해내고는 있는 건가? 하는 상념에 자주 젖는다.

　실무자 때 일을 잘한다는 의미와 관리자로서 일을 잘한다
는 의미는 다르다. 실무자로서 뛰어난 사람이 관리자로서도 뛰
어난 건 아니라는 뜻이다. 조직에 있으면서 매니저들에 대한 인
사 발령을 보면서 인사 관리 참 잘했다 싶게 느낀 게 손에 꼽을
정도다. 인사권자가 인사를 잘 못했다는 게 아니라 조직에서 원

하는 관리자란 실무자가 생각하는 기준과는 다르다는 의미다. 인사권을 가진 사람의 입장에서는 조직 운영을 위해 실무 능력이 출중한 사람보다는 그야말로 관리를 잘하는 사람이 필요한 것이다. 업무 능력이 출중하면 관리 능력도 같이 뛰어날 수도 있고, 또 아닐 수도 있다. 대게 인사권을 가진 조직의 수장은 조직을 운영하는 데 있어 본인의 가치 기준과 철학에 동조하면서 효과적인 방안을 찾아낼 줄 아는 사람을 기용한다. 회사에서는 어떤 사람을 업무 능력이 탁월해 관리자로 뽑기보다는 중간 관리 이상 포지션으로 염두에 두고 봤을 때 손색이 없고 실무 능력이 탁월하기까지 하면 금상첨화고 고마운 일이다.

관리직이라는 건 실무자 선에서 알던 실력이 아닌 다른 능력을 요구받는 자리다. 그중 하나가 소위 말해 아부도 잘해야 한다. 보통 부정적인 뉘앙스로 쓰이지만 고독하게 의사결정을 내려야 하는 대표로서는 자신의 속내를 미루어 헤아려주는 기특한 행동을 말한다. 관료제의 속성상 삼각형의 위계 구조에서 위로 올라갈수록 자리는 줄어든다. 한정된 자리를 차지하기 위해서는 소위 말해 라인을 타거나 아니면 라인에 기대지 않아도 될 만큼의 독보적이고 압도적인 실력을 쌓아야 하는 것이다. 나보다 위에 대고는 가급적 입바른 소리를 믿지 않게 전달

할 줄 알아야 하고 사내 정치판에서 경쟁자와 싸워야 한다. 그러면서도 낯설고 새로운 세대에게 말은 통하는 사람이 되기 위해 노력도 해야 한다.

여전히 하고 싶은 게 많은 나이 _____

백 세 시대에 40대 그리고 50대면 이제 반 온 건데 어중간하게 자리 잡고 애매한 위치에 서 있다. 아직 한창인데, 이미 50대만 넘어도 은퇴를 준비하거나 이미 은퇴를 준비하고 내려와야 하는 사회적 분위기가 조성되어 있다. 그러다 보니 동료와 선배들은 어딘가로 사라졌다. 유능한 어린 동료들에게 복잡한 속내를 내비치는 건 자존심 상하고 무능한 상사로 보일까 싶어 말도 함부로 못 한다. 자리만 차지하는 눈치 없는 월급도둑이라거나 꼰대 소리 안 들으려고 애를 써 보지만 후배들에게 기성세대는 언제나 마땅치 않고 불편한 존재다. 우리가 한때 신세대였던 시절에도 선배들을 보면서 닮고 싶은 사람을 찾기 힘들지 않았나.

마음에 드는 사례를 찾기도 어렵지만 시대도 급변하고 각자의 인생에서 원하는 게 저마다 달라서 롤 모델이라는 말 자체가 더 이상 유효하지 않은 것 같다. 결국 내가 가야 할 길을 제시해 주는 사람은 나 자신 말고는 없다. 롤 모델이 없다 하니 꽤나 성공하고 대단한 삶을 사는 것처럼 보이지만 현실은 수요와 공급의 시장에서 멀어져 가는 사람으로 인식되는 것 같다. 현재는 조직을 떠나 자영업자로서 혼자 때로는 같이 소소하게 일을 해 적게 벌어 적게 먹자는 삶을 살고 있는 모습을 보고 주변에서는 너무 이른 은퇴를 한 게 아닌가 하고 안타깝다고 하신다. 조직을 떠날 당시에는 절대 직장 생활을 다시는 하지 않겠다고 생각한 것은 아니다. 무슨 배짱인지 모르지만 언제든 조직에 다시 들어갈 수 있을 것이란 자신감이 있었다. 회사를 그만두는 시점에서 정신적 신체적 상황으로는 긴장도와 피로도가 상당히 높아 이대로는 잘해 낼 자신이 없었다. 여러 계산하지 않고 일단 직장을 떠나 몸을 추스르는 데 집중했을 뿐이다.

텐션이 상대적으로 낮은 일을 하면서 몸을 추스르고 보니 시간이 벌써 이만큼이나 흘렀다. 공교롭게 코로나 19 팬데믹까지 일어나면서 세상이 격변했다. 그 사이 나이도 더 들었다. 낼모레면 은퇴할 나이라고 하고 마땅한 자리도 잘 없다고도 한다. 이래저래 심리적으로 위축되고 배짱도 쪼그라든다. 하고 싶은 일이 있어야 동력이 되어 특유의 성실성을 집중적으로 발휘하는 나에게 다행히 얼마 전부터 해보고 싶은 일이 생겼다. 잘해 낼지, 기회가 마련될지 확신이 서지는 않지만, 어쨌거나 하고 싶은 일이 둥실 떠올랐다는 건 고무적이다. 일흔이 넘은 아빠가 무대에 서기 위해 모델 지망생이 되어 프로필 사진을 찍고 워킹 연습을 하셨듯이 차근차근 방향을 잃지 않고 꾸준히 가다 보면 언젠가 바라는 자리에 닿아있을지도 모르겠다. 그냥 아무 일 안 하고 인생을 그저 즐기기엔 시간이 너무 많고 나는 아직도 하고 싶은 게 많다. 스티브 잡스의 말처럼 Stay Hungry, Stay Foolish 하는 수밖에. 우직하게 버텨내는 사람은 못 당한다. 아무도.

세상에 없던 서사를 창조해 내는 사람들을 보면 경이롭다. 같은 시대, 같은 공간에 살면서 어떻게 저렇게 기발한 상상력을 발휘할 수 있는지 놀라운 사람이 있는데 그중 한 사람이 바로 영화감독 제임스 카메론이다. 그가 만든 수많은 명작 중 〈아바타〉 영화를 보면 "I see you"라는 짧지만 강렬한 대사가 있다. 영화에 꽤 여러 번 나오는데, 가장 인상적인 장면은 아무래도 제이크 설리의 본체와 네이티리가 필사적인 전투 끝에 처음으로 상대의 실체를 대면할 때다. 그저 나비족의 일상적인 인사말이려니 생각했는데 숨죽이며 보는 결정적인 장면까지 '너를 본다'라는 대사를 쓴 감독의 의도가 이해되지 않았다. "사랑해"나 "이렇게라도 살아서 만나게 되어 다행이야"나 "나는 너를 충분히 이해해"와 같은 관객의 감정을 한껏 끌어올리는 뜨거운 문장들이 있는데 굳이 왜 저 밋밋한 단어를 골랐을까 의아해하며 아쉬워했다.

십여 년의 세월이 흘러 명작은 다음 편으로 우리를 찾아왔고 "I see you"는 어김없이 등장한다. 2009년 개봉 당시에는 대사의 심오한 의미를 잘 몰랐는데, 이제야 깨닫는다. 그러고 보면 다 적당한 때가 있다. 거장 감독이 대사를 통해 우리에게 하고 싶었던 이야기는 사랑이니 이해니 보다 앞서고 중요한 건 내 눈앞에 있는 존재를 있는 그대로 보라는 것이었다. 말로야 이해한다고 하지만 아이러니하게도 자기식대로 오해하고 있지 않나 하는 생각이 들 때 많다. 이런 일은 타인과의 관계에서만 일어나는 건 아니다. 나 자신과 맺는 나와의 관계에도 벌어진다. 내가 무엇을 원하는지, 무엇을 불편하게 생각하는지, 왜 이 시점에 정체 모를 분노의 감정이 올라오는지를 나를 들여다보고 내 마음이 보내는 메시지를 알아내야 함에도 나를 이해하는 척 오해하고 상황을 모면하기 일쑤다. 어설픈 이해가 오해를 부른다.

이번 책에서는 어른스러움에 관해 이야기해보고 싶었다. 내게 있어 어른다운 어른은 나와 우리 그리고 그들을 제대로 들여다보려고 끊임없이 노력하는 태도를 지녔다. 물론 보기만 한다고 해서 나와 우리 사이의 문제가 저절로 해결되지는 않는다. 요즘 애들과 요즘 꼰대, 부모인 사람과 그렇지 않은 사람,

권력이 있는 사람과 그렇지 않은 사람의 간극이 엄연히 있는데 서로 쳐다만 본다고 틈이 좁혀지는 건 애당초 불가하다. 하지만 똑바로 보면서 나와 다른 존재를 인지하고 인식하려고 하는 순간부터 내 눈앞에 있는 상대와 관계 맺는 방식을 진지하게 고민하게 된다. 이제는 나와 아무 상관없는 일이 아니라 나의 일, 우리의 문제가 되는 것이다. 대상을 직시하는 순간부터 진짜 관계는 시작된다.

살면서 한 번쯤 아니 여러 번 관찰하고, 짚고 넘어가야 할 인생 주제어를 권 후배와 같이 찾아보고 정했다. 평생에 걸쳐 들여다봐야 할 문제적 단어다. 인생 사는 데 정답은 없으니 단어마다 우리만의 해석을 각자 만들어보기로 했다. 이 책은 X세대인 나도, MZ세대인 그녀도 잘 모르는 인생살이 법에 대해 스스로 묻고 답을 찾아가는 과정을 담았다. 차마 꺼내 보기 두려워 깊숙이 방치하고 내내 모르는 척했다. 더 멀리 잘 가기 위해서는 직면은 필수다. 언제까지 외면만 할 수는 없다. 그때그때 안 해 둔 숙제는 언제고 다시 찾아온다. 낑낑대며 마음의 숙제를 풀어나가는 우리를 보며 누군가 위안받는다면 좋겠다. 우리가 직면해야 할 상황이 달라지는 건 없지만 직면하고 헤쳐나가다 보면 변화되어가는 어제와 다른 멋지고 의연한 나와 만날

지도 모른다. 한 번 사는 인생, 누구나 다 서툴다. 그러니 괜찮다, 뭐든.

선배 93학번 임은아

쫄지 마, 어른

나이 든다고 달라지는 건 없어!

1판 1쇄 발행 2024년 1월 31일

지은이 권미진, 임은아 | **발행처** 도서출판 혜화동
발행인 이상호 | **편집** 권지영
주소 경기도 고양시 일산동구 위시티3로 111, 202-2504
등록 2017년 8월 16일 (제2017-000158호)
전화 070-8728-7484 | **팩스** 031-624-5386
전자우편 hyehwadong79@naver.com

ISBN 979-11-90049-42-9